中 国 高 等 院 校 设 计 教 程

U0062914

动漫设计教程

黄卢健 杨 岚 祁 瞻 著

广西美术出版社

中国高等院校设计教程

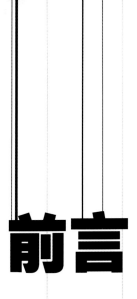

前言

　　"动漫"是动画和漫画的合称，两者之间存在密切的联系，中文里一般把两者放在一起称为"动漫"。从严格的专业角度定义，动画和漫画是两个不同的相关行业，"动漫"仅是其合称而已。

　　按照世界动画协会（ASIFA）的定义，动画是人工逐格制作的图形连续播放，通过视觉暂留现象形成的动态影像。它的制作过程可以是绘画也可以是木偶，随着近年计算机图形图像技术的发展，还有三维和自动生成的二维图像。而漫画是绘画艺术的一种，是通过夸张的手法表现创作者想象力和更深寓意的绘画艺术。

　　两者的联系在于很多漫画作品被改编成动画，特别是在日本，多数动画片都来源于漫画，而欧美也有大量的作品是由漫画改编而来的。而动画创作阶段的分镜头设计，非常接近漫画中的连环漫画，与当今工业化的新漫画是完全一样的。随着互联网的出现，动画和漫画到了同一个媒体平台，因此极大地提高了动漫的市场需求。可以预见，未来在多媒体中，动画和漫画正在逐渐走向融合。这种融合将为动画创作带来极大的资源，也给漫画产业提供了更直接的产业出路。一个真正的动漫合一的动漫产业正向我们走来。

　　接下来让我们简要了解动画和漫画的定义与各自发展的历史。

　　动画（Animation）一词，源自 Animate 一词，即"赋予生命"、"使……活动"之意。从广义来说，把一些原先不具生命的对象，经过艺术加工和技术处理，使之成为有生命的活动的影像，即为动画。

　　作为一种空间和时间的艺术，动画的表现形式多种多样，但有两个特性是所有动画必备的：（1）逐格（帧）拍摄；（2）创造运动幻觉（利用人的视觉暂留现象）。

　　动画是通过连续播放的静态图像所形成的动态幻觉，这种幻觉源于两方面：一是人类生理上的"视觉暂留"，二是心理上的"感官经验"。"视觉暂留"是生理上的视觉暂留现象，而"心理偏好"则进一步说明视觉感官经验中，人们趋向将连续类似的图像在大脑中组织起来的心理作用。大脑进而将此信息能动地识别为动态图像，使两个孤立的画面之间形成顺畅的衔接，把连续图像认同为不同位置的同一对象，从而产生视觉动感。

　　因此，狭义的动画可定义为：融合了电影、绘画、木偶等语言要素，利用人的视觉残留原理和心理偏好作用，以逐格（帧）拍摄的方式，创造出一系列运动的富有生命感的幻觉画面，即为动画。

　　动画具有悠久的历史，西方早期的"幻影转盘"（西洋镜）和我国民间的走马灯和皮影戏都是动画的一种古老形式。然而真正意义上的动画，是电影摄影机被发明之后的产物，随着现代科学技术的不断发展，动画展现了其蓬勃的生命力和创造力。

　　动画经历了以下阶段才得到发展与完善：

　　1831年，法国人约瑟夫·安妮发明了旋转圆盘，画好的图片按照顺序排放在机器的圆盘上，在机器的带动下圆盘低速旋转，透过观察窗观看运动的图片，便形成了一系列活动的画面，这就是动画的原始雏形。

　　1907年，美国人斯图尔特·布莱克顿制作出名为《一张滑稽面孔的幽默姿态》的短片，这是一部接近现代动画概念的影片。

　　1908年，法国人埃米尔·科尔率先采用负片制作动画影片，从概念上解决了影片载体的问题，为今后动画片的发展奠定了基础。所谓负片，是影像与实际色彩恰好相反的胶片，如同今天的普通胶卷底片。

　　1909年，美国人温莎·麦凯用一万张图片拍摄成一段动画故事，这是迄今为止世界上公认的第一部像样的动画短片。从此，动画片的创作和制作水平日趋成熟，步入新的阶段。

1915年，美国人艾德·赫德创新了动画制作工艺。他先在塑料胶片上绘制图片，然后再把画在塑料胶片上的一幅幅图片拍摄成动画电影，这种动画制作工艺一直被沿用至今。

1928年，美国人沃尔特·迪斯尼逐渐把动画影片推向了巅峰。他不仅完善了动画体系和制作工艺，还把动画片的制作与商业价值联系起来，被人们誉为商业动画之父。他创办的迪斯尼动画公司是20世纪世界上最伟大的动画公司。

如今，计算机动画使动画王国更加丰富多彩，虚拟的空间摆脱了传统动画制作工艺的束缚，极大限度地震荡着观众的视野，传统动画进入了崭新的数码动画时代。

中国动画片的发展经历了5个时期：

1. 1922—1945年——萌芽时期。

1941年，万籁鸣、万古蟾、万超尘拍摄了动画影片《铁扇公主》，这是公认的中国第一部长动画片。万氏三兄弟因而成为中国动画片的开山鼻祖。

2. 1946—1965年——发展时期。

这一时期，国家政局相对稳定，政策相对宽松，艺术家的积极性得到充分调动，中国动画片进入快速的发展时期。不少影片在国际电影节获奖，在艺术和技术上达到空前的高度，形成了被世界公认的中国动画学派。上海美术电影制片厂于1957年成立，这是中国第一家具备独立摄制美术片的专业厂。震惊世界的经典大片《大闹天宫》诞生在这一时期。《大闹天宫》在中国动画史上具有里程碑的意义，其艺术水准达到了前所未有的高度。

3. 1966—1976年——枯萎时期。

随着"文化大革命"的爆发，中国动画片陷入衰落期，一度繁荣的中国动画一落千丈。1967—1971年，全国的动画片生产厂家全面停产。这一时期的中国动画片，在表现手法上，遵循写实主义，艺术质量不高。

4. 1976—1989年——恢复时期。

新的动画片生产部门如雨后春笋般纷纷成立，改变了上海美术电影制片厂一统天下的格局，中国动画进入了恢复元气的阶段。这十几年，全国共生产动画电影219部，产生了一批代表中国动画片较高水平的优秀影片。中国动画片的社会影响和国际声誉再度提升，赢得了广泛的赞誉。例如《哪吒闹海》（1979年）、《鹿铃》（1982年）、《天书奇谭》（1983年）、《山水情》（1988年）均在国内外产生较大影响。这一时期，中国首部电视动画片和系列动画片诞生了。

5. 1990年至今——动漫产业链完善期。

20世纪90年代成为中国动画片生产的转折时期，中国动画片开始探索一条有别于传统的道路。90年代国产动画片的一大特点是大型动画连续片、系列片盛行。中国从影院动画、艺术短片唱主角，转入电视动画片大型化、连续化、系列化的国际潮流。在制作方面，3D和二维电脑动画发展迅猛。一条从策划、创作、营销到周边产品开发的动漫产业链正逐步形成。

从1995年起，中国电影放映公司对动画片不再实行统购统销的计划经济政策，将动画业推向市场，改变了动画片生产状态和经营方式。这一时期生产的优秀动画长片有《宝莲灯》、《猫咪小贝》。

2004年4月20日，国家广电总局向全国印发《关于发展我国影视动画产业的若干意见》，这是迄今为止对国产动漫产业而言最重要的政策。广电总局在《关于发展我国影视动画产业的若干意见》中提出，各电视台应实行制播分离，以培养现代动画企业，建立动漫产业链。

产业化是国产动画片发展的必由之路。唯有实施产业化的运作，国产动画片才能突破数量少的瓶颈，走向投入和产出良性循环的道路。动画片正以一种快速坚决的方式进入我们的视野，不论遇到多大的困难，中国的动画产业依然在顽强发展，相信在不远的将来，国产动画产业将会迎来美好的未来。

国际动画艺术界将中国民族动画片誉为"中国动画学派"。中国民族动画片的种类包括水墨动画片、剪纸片、拉毛动画片、贴纸动画片、木偶片、泥塑木偶片等。其中引起国际动画界极大关注的水墨动画片，是中国动画电影中极具民族风格的杰出作品。它诞生于1960年，把中国传统的水墨画技法和风格，运用于动画电影，创造了一种罕见的动画形式。由于要表现水和墨的渲染效果使活动的人物没有边缘线，这就突破了动画片通常使用的"单线平涂"的制作方法，在技术上是一个创举。水墨动画片《小蝌蚪找妈妈》的问世震惊了世界，获得了多项国际殊荣。水墨动画笔墨豪放，意境优美，格调抒情，气韵生动，它善于用"写意"和"神似"等手法使影片意蕴深邃，耐人品味，它体现了中国传统的美学思想和民族风格，在世界上独树一帜。

漫画作为绘画艺术的一个分支，发展至今已形成三种形态，即讽刺幽默的传统漫画、叙事的新漫画和具有探索性的先锋漫画。而本书主要讲解的是在传统漫画基础上发展出的新漫画，也叫做现代漫画。

"漫画"一词，根据《新华词典》定义为：漫画是简笔而注重意义的一种绘画。至于漫画的英文名称，大致有几种：（1）Cartoon，中文音译为卡通，卡通包括漫画及动画。（2）Caricature，意为讽刺画，特指肖像漫画。（3）Comics，泛指漫画的总称。（4）Comic Strip 指多格漫画或称单元漫画。一般来说现代多用 Comics 来泛指新漫画，就形式上包含单幅漫画、四格漫画和多格漫画。

"漫画"一名起源于日本，最初用"漫画"一名的人是日本德川时代的浮世绘大师葛饰北斋，距今已有 300 多年。西方漫画源自英国。中国最早被称为"漫画"的是丰子恺先生 1925 年连载于《文学周报》上的作品。以上这些都属于传统漫画。而新漫画则是一种全新的漫画形式，除继承了传统漫画的诸多特点外，还拓展了它的取材范围和表现手法，而画面则更加精致、更加趋向写实。与传统漫画不同的是，它受电影影响比较深，画面带有电影蒙太奇的感觉，甚至像一个画出来的分镜头剧本。在表现形式上，新漫画就是运用很多分镜来表达一个完整的故事，故事是通过角色对话时的台词而展开，台词运用对话框添加在分镜里，两者结合形成完整的画面。

新漫画最初发源于美国报章杂志上的短篇连环图，但那时它还没有完全成型，绘画十分简单，画面的排列也很死板，电影分镜头的色彩不是很浓。之后这种连环图流传到了当时大力吸收西方优秀文化的日本，在那里得到了全面的发展。并以日本为跳板，把这门独特的绘画艺术形式发扬到了全世界。现在，日本漫画已经在美国的漫画市场占据重要地位，甚至直接用日语的漫画发音 manga 来代表来自日本的或是日本画风的漫画。在这里不得不提的是日本新漫画之父手冢治虫（1928—1989）先生，现代普遍认为是他创造并发展了新漫画这种形式。1946 年，手冢治虫的漫画《新宝岛》问世，标志着日本漫画向现代主流映象漫画迈出了第一步。手冢治虫将电影运镜的手法运用于漫画，为漫画带来了历史性的变革。新漫画最初的存在目的与所有艺术一样，就是为了娱乐。手冢治虫先生曾说过他画漫画是为了让孩子快乐，以那时的技术，作者都只能画一些简笔画，没人会想到几十年后新漫画的种类会发展到如此之多。以日本漫画为例，其囊括科幻、探险、政治、经济、恋爱、体育、历史、科学、宗教、幽默玩笑、文艺小说、奇闻趣事、纪实报告文学等等多种题材。至今，漫画已成为日本市民日常生活中不可缺少的文化休闲产物。

目前在日本，漫画已成为一种产业，平均每年所创造的价值不亚于其他任何产业。它的产业流程是：首先由漫画家带领其漫画工作室成员及助手设计创作漫画；之后把该作品的短篇漫画送到出版社，经审批通过后发表于该社所出版的专门用于刊载漫画作品的漫画杂志上进行试刊，以获取读者对这一作品的反映；短篇漫画作品在经过一期杂志的刊载后，出版社的编辑部会综合读者的反应，最终与作者签约并刊载该作品的长篇漫画；经过长期的连载，出版社会挑选出在读者中口碑很好的作品结集出版单行本。

新漫画首先于 20 世纪 70 年代由日本传入开放程度比较高的中国台湾和香港，并取得不凡的成绩。而且在这两地，现代漫画也与当地的文化相结合，发展出自己的特色。这也是人们惯称这两地出品的漫画为港台漫画的原因。20 世纪 90 年代初，现代漫画传入中国大陆，迅速占领了大陆的市场，给传统漫画和连环画造成了极大的冲击，甚至有些人一提到漫画想到的就是现代漫画。而传统漫画也正逐渐退出前沿舞台，只有在报纸杂志的角落里才能看到它的身影。由于中国的改革开放刚刚起步，版权意识相当薄弱，大量的盗版漫画出现在市面上。中国政府为了净化整治漫画产业，大力打击了众多盗版出版社，并且还因盗版的原因关闭了当时中国大陆创办的第一本漫画杂志《画书大王》。与此同时，为了保护漫画市场不被日本的漫画所占领，政府还启动了"中国少儿动画工程"（简称 5155 工程），创办了多本漫画杂志，培养和发展了许多本地的漫画家。至此，中国大陆的漫画产业才走上正轨。

新漫画不是中国本土的，但这个词是中国原创的。很多人会把 1981 年进入中国的新漫画和连环画相提并论，是因为从 1932 年开始连环画在中国就已经广为流传，而且连环画和新漫画都是通过绘画来讲述故事的。虽然新漫画与中国的连环画有很大的相似之处，但还是存在很大区别。连环画需在每幅画的下面配上简短的文字说明或叙述，且一般每页一图；而新漫画则没有这种脱离于图画而相对独立出来的说明，图画与文字完全结合在一起，且每页不限一图。其实新漫画主要是受了日本漫画的影响，而它的日文写法又与中文中传统漫画的写法同形，所以大多数人习惯直接称它为"漫画"。

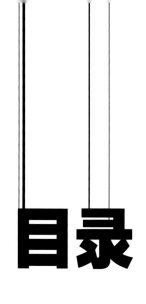

目录

第一课　动漫手绘工具　**011**

第一讲　漫画绘制流程及工具　012

第二讲　动画前期制作流程及工具　020

第二课　基础技法训练　**023**

第一讲　草图工具的选择和运用　024

第二讲　线的训练要领　028

第三讲　写生训练　034

第三课　人物造型设计　**035**

第一讲　人物比例的掌握　036

第二讲　动漫创作中的夸张与变形　047

第三讲　依据故事创作人物造型　050

第四讲　人物造型的艺术对比　051

第五讲　整体风格与人物造型之间的互动　052

第四课　场景造型设计　　**055**

第一讲　透视法则　　056

第二讲　动画场景三视图　　058

第三讲　人与场景的结合　　059

第四讲　道具与场景的结合　　060

第五讲　场景为故事增添戏剧性和真实感　　062

第六讲　聚散关系、节奏感、重叠　　063

第五课　动漫种类与其表现形式　　**065**

第一讲　漫画的种类　　066

第二讲　动画的种类　　078

第六课　多重风格与其表现技法　　**081**

第一讲　女性动画和漫画的特点　　082

第二讲　男性动画和漫画的特点　　086

第三讲　写实类动漫的特点　089

第四讲　涂鸦类动漫的特点　092

第五讲　幽默动漫的特点　095

第六讲　黑白灰在动漫手绘中的应用与表现　098

第七课　手绘创作与电脑软件的结合应用　101

第一讲　电脑硬件与绘图软件的要求　102

第二讲　PHOTOSHOP 的运用：漫画成稿的制作　104

第三讲　COMICS 的运用：精准的绘制线条与画框　107

第四讲　PAINTER 的运用：用 CG 展现手绘特质　110

第五讲　3D MAX 的运用　114

第八课　动漫故事的创作　117

第一讲　故事的构思方法　118

第二讲　故事的意味　　　　　　　　　　　　　122

第三讲　画面的无声性和有声性　　　　　　　124

第九课　如何以专业眼光去
分析学习优秀作品　　　　　　127

第一讲　漫画欣赏误区　　　　　　　　　　　128

第二讲　鉴赏故事漫画《圣诞快乐》　　　　　130

第三讲　鉴赏优秀动画《功夫熊猫》《悬崖上的金鱼

公主》《积木之家》　　　　　　　　　　　137

第一课　动漫手绘工具

课程名称：动漫手绘工具。

授课时数：四十到六十学时。

教学定位：动漫创作离不开专业工具，了解并熟练使用专业工具是学习绘制动漫作品的第一步。讲述动漫手绘工具的种类及其使用方法，使学生具备动漫创作的初步知识。

教学目标：通过本课程的学习，使学生初步了解漫画及动画前期绘制流程中工具的种类和特性。分别以漫画和动画前期的制作流程为基础，加入专业工具的使用方法，为学生进一步深入学习动画、漫画的绘制技巧和方法打下坚实基础。

教学重点：了解漫画绘制流程中以及动画前期制作流程中所使用的专业工具。

教学难点：掌握动画前期制作中红蓝铅笔的使用。

教学方法：本课程教学以理论讲授与实践相结合，遵循由浅入深、循序渐进的教学原则，教师根据课程大纲的规定，讲授本课程要掌握的知识点与考试要求，并在授课过程中，多作经典动漫作品的分析，以丰富学生的知识面，提高学生的艺术欣赏水平。

第一讲

漫画绘制流程及工具

当我们欣赏一幅精彩的漫画作品时，是否会好奇画家是如何创作出此画的？作为一名动漫爱好者或学习者，我们会希望了解画家的创作过程，当然还包括创作中所使用的工具。古人云：工欲善其事，必先利其器。比如中国传统书画艺术就十分讲究工具的选择，"笔、墨、纸、砚"并称"文房四宝"。艺术创作离不开优良的工具。新漫画也是一种绘画艺术，有其独特的绘制流程，同样要用到很多不同种类的专业工具。

学习漫画创作首先应该了解创作漫画应必备的基本工具。由于漫画风格多种多样，绘制时所用到的工具也五花八门，通常情况下除经常用到的铅笔、橡皮外，还需要蘸水笔、原稿纸、网点纸、尺子、拷贝台等。下面我们通过漫画绘制流程简要介绍所用到的工具。

漫画绘制大致可分为四个步骤：第一，拟定提纲和设计角色；第二，通过简略勾画的草图来决定整个故事的展开；第三，用铅笔在原稿纸上打草稿，用钢笔描线；第四，用白色颜料进行修正，贴网点纸完成。简要说第一步是准备阶段，也就是绘制简略草图；第二步是绘制草图阶段；第三

步是描线阶段；第四步是最后的精整加工阶段。

准备阶段（如图1-1），构思分格的简略草图。进行分格并画出角色大致的动态，再加上相应的对白构成简略的构思草图。这样可以迅速地将脑子里的灵感和角色通过分格表现出来，并让整个故事的展开一目了然。画构思草图的时候是以对页为单位进行构思的。要注意人物在格子里的大

小是否合适，整体是否有节奏感。这是绘制漫画的准备阶段。一旦确定了简略的草图，就可以开始用原稿纸作画了。（图1-5）

草图阶段（如图1-2），将简略的草图用铅笔誊画在原稿纸上。要用铅笔轻轻画，衣服上褶子的走向、手脚的形状还有五官及表情都要仔细用线画出来。

描线阶段（如图1-3），根据草

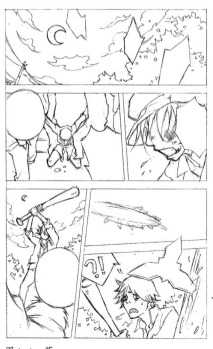

图1-1 薰

图1-2

图1-3

图1-4 杨 岚

图1-5

图1-6

图1-7

图，用钢笔或蘸水笔来描线。描线的时候基本遵循从左往右、框线、人物、背景的顺序。然后用毛笔或者马克笔将需要涂黑的地方涂黑以及给背景添加效果线。在需要涂黑处打上"x"记号予以标志。（图1-6）

加工阶段（如图1-4），用钢笔

描好线后，将铅笔稿用橡皮擦掉，弄脏的地方用白颜料修掉并给眼睛加上高光。贴网点也在这个阶段进行。网点的运用是为了给画面增添灰度，用以过渡，或丰富画面层次。（图1-7）

有时候特殊的工具确实能够绘制出特别的画面效果，比如用毛笔或

其他软头画笔。但是我们在绘画中基本上还是以常规的画笔来创作的，现在，我们来谈一下工具的选择和运用的方法。

铅笔和橡皮

铅笔和橡皮主要用于绘制草图的阶段。

因为铅笔绘制的草图具有易擦除、易更改的特征，所以是我们在用钢笔描线定稿前最佳的工具选择。

木质铅笔: 常用手绘工具，依据铅芯的软硬程度划分为 13 个等级，6H 最硬，6B 最软，HB 居中。硬铅芯绘画时线条清晰犀利，软铅芯多用来涂抹大面积阴影效果。推荐使用: B — 2B 即可，铅质过度坚硬不易擦掉，过度柔软则使画面出现腻脏现象。(图 1-8)

自动铅笔: 自动铅笔常用的铅芯硬度为 HB 与 2B，铅芯直径多为 0.5、0.7、0.9 。但一般自动铅笔多为刻画细节所用，所以选择 0.5 的铅芯较为适宜。(图 1-9)

橡皮: 一般用来擦去不需要或是有误的部分，起更改修正的作用。漫画常用的是软橡皮和橡皮笔。软橡皮多为 4B，可用来擦出大面积的画面，或者减弱和调整画面的深浅度。橡皮笔已成为漫画家较常使用的擦抹工具，由于它的细致与便捷，通常会用来处理画面飞白的效果，或对细节进行修改。(图 1-10)

毛刷: 有专用笔毛刷，还有可以替代使用的化妆毛刷和毛笔等。毛刷用来清除画面经过更改擦拭留下的橡皮屑。用嘴吹或者用手抹去橡皮屑都是不明智的，特别是对于成型的铅笔稿与钢笔成稿。所以我们选择用小毛刷来扫除这些橡皮屑，对画面能够有效地保护。养成良好的职业习惯，将会终生受益。(图 1-11)

此外还有削笔工具如转笔刀和美工刀。(图 1-12)

要注意的是草图用铅笔最好选笔芯为 B — 2B 硬度的。如果铅笔太软，铅粉会弄脏纸面，如果铅笔太硬，会把纸压出沟槽，钢笔描线的时候常会描断线条。

橡皮选择柔软易擦的，橡皮脏了要及时清洁，不要使用脏橡皮或用旧了的橡皮。

控制橡皮使用次数。用铅笔画草稿需保持轻松的心态，灵活转动手

图 1-8

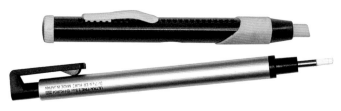

图 1-9

图 1-10

图 1-11

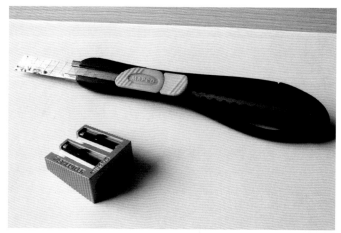

图 1-12

腕，用随意的线条画出脑中的构思。

1. 在草稿阶段，可能会产生很多错误线条或不确定的线条，在没有准确定位之前，看似杂乱的线实际上起到引导作用，不要过早清除甚至不需要清除。

2. 不要过分依赖橡皮，尽可能在草图阶段就下笔肯定，摒除多余线条的使用，在造型上也是对自己的锻炼。做到成竹在胸，下笔有神。涂涂改改不仅浪费时间，而且磨灭创造力。

运用轻重不同的力度来控制画出的效果。用笔的力度轻一点就产生淡抹的效果，重一点就产生浓重的效果，可以随心所欲。就因为用笔使劲的轻重不同，加上各种铅笔的特征，所以可以画出各种质感和丰富的层次。

在这里不得不说的是，很多漫画家很注重草稿的绘制和保留。虽然最终面对读者的是成稿，但草图作为一个绘制的阶段也被漫画家细心保留下来。从更深层面来说，草图虽是成稿的前期铺垫，是半成品，但草图往往比成稿含有更高的艺术成分。因为草图的绘制更随意更自我，比起成稿的严谨精致，草图更加奔放洒脱。加之铅笔和钢笔的特性不同，往往带来不一样的艺术效果。（图1-13至图1-18）

图1-13 祁瞻

图1-14 祁瞻

图1-15 祁瞻

图1-16 祁瞻

图1-17 祁瞻

图1-18 杨岚

钢笔和蘸水笔

蘸水笔分为笔尖、笔杆两部分。画漫画用的笔尖主要分为4种：G笔，使用最普遍，根据力度不同，可以画出粗细范围很广的线条来。圆笔，画细线用，加强力度也可以画出粗线来。斯克尔笔，可以画细而硬的线，线的粗细是均匀的。镝笔，可以画出很柔软的笔触，与G笔和圆笔相比，线的强弱感并不差。由于制造笔尖的材质不同，又可分为画细线的铝制笔尖和画粗线的铬制笔尖两种。由笔尖绘出线的粗细米分，由粗到细依次为：G笔、镝笔、圆笔、斯克尔笔。笔杆有圆笔用和G笔及其他笔用两种。将相应的笔杆笔尖组合好，再蘸上绘图墨水就可以绘制漫画成稿了。绘图墨水的特性是干得快，耐水性好，在漫画描线时常用。但不用做涂黑。

一般漫画家常使用的是圆笔、G笔和镝笔。由于各人使用的习惯不同，有些人对于人物的脸、内部构图、轮廓和效果都以不同的笔尖来作画；有些人则是用一支笔尖完全包办（控制笔尖轻重缓急达到不同效果）。其实并不是说哪种笔尖更好，重点在于哪种笔较能够表现出你想画的东西。这就需要在长时间使用中总结出自己的心得体会了。

在描线时要注意在笔尖上蘸上适量墨水。笔尖如蘸太多墨水，墨会滴在纸上弄脏画面，应在瓶口边缘控掉多余墨水再画。并在手边准备一张纸巾，随时沾掉笔尖多余墨水。还要注意画线时的方向和执笔倾斜的角度。如果笔尖横向画线就会磕磕绊绊，还容易挂纸。不断旋转纸面保持纵向画线就会比较容易画出流畅的线条来。如果画的时候笔拿得太过竖直也会很难画，所以还是倾斜笔杆来画，将笔尖少许倾斜画出的线条更为柔和。

钢笔有很多种，漫画用的包括美工笔、签字笔和马克笔。

美工笔：美工笔一般用来做习作速写用，笔尖呈弯曲状，可绘制出富于变化、有力稳健的线条，同时在涂抹大面积阴影时比较方便。

签字笔：较细的签字笔多被用来勾勒细节使用，或者利用笔尖的顺滑性来绘画外轮廓线条。

马克笔：以黑色为主，可结合使用方法选择品牌，是较为自由的墨色工具，在草图展示中使用较多，成稿类多在阴影与建筑表现上使用。（图1-19至图1-25）

图1-19

图1-20 祁瞻

图1-21 祁瞻

图1-22 祁瞻 杨岚

图1-23 杨岚

图1-24 祁瞻 杨岚

图1-25 杨岚

毛笔、软笔

用来涂大面积墨色的工具，可依据个人喜好选择大小使用。毛笔较难掌握，相比之下软笔使用起来更便捷。二者均有两种用途：

1. 填色，也就是涂黑，将一块图形整个平涂成黑色。

2. 用作产生特殊效果。毛笔在漫画中有其新的表现形式。水墨画是用毛笔来作画的中国传统绘画形式，但用于漫画绘制则突破了传统的固有形式，引发新的灵感，更显出毛笔作画原有的自由与随意。（图1-26至图1-30）

辅助工具

辅助工具使作画效率更高更便捷，我们必须掌握辅助工具的使用，了解它们的特性，但是要注意不能过分依赖工具。

尺子是画框线、效果线必备的工具，分为直尺、云尺、三角尺、椭圆模板等。直尺上标有刻度，并有不同型号或长短，用它画直线方便又规范，是最常用的。三角尺分为45度和60度两种，两种组合使用，可以准确地画出90度垂直线和30度、45度、60度斜线。云尺用于绘制各种曲线，画效果线和对话框时可以使用。椭圆模板上有各种大小的圆和椭圆形状，用于绘制对话框。（图1-31）

鸭嘴笔和针管笔的价格较昂贵。是画粗细均匀一致的线的专业工具。一般与直尺或三角尺、椭圆模板等配套使用。（图1-32）

白颜料用于修正及提亮，一般有修正液、水粉颜料及漫画专用的白颜料。（图1-33）

网点是新漫画特有的工具，用于营造中间色调，也就是添加灰度。传统的漫画阴影或者特效用网纸，分刮网与胶网两种。但现在基本是在电脑上制作网点，既方便又节省开支，要知道胶网可是很昂贵的。（图1-34）

手垫包括面巾纸、表面光滑的纸张。这是为防止手掌在画纸上摩擦而损伤画面所准备的遮挡纸张，一般选

图1-26

图1-27　祁瞻　　　　　　　　　　图1-28　祁瞻

图1-29　祁瞻　　　　　　　　　　图1-30　祁瞻

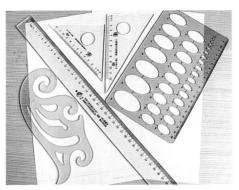

图 1-31

图 1-32

图 1-33

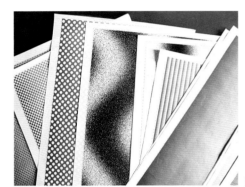

图 1-34

图 1-35

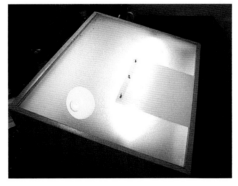

图 1-36

图 1-37

用较为光滑的纸面。（图 1-35）

绘画中，画家还需要一些为绘画提供便利条件的设施，更为专业的环境有利于创作。拷贝台是漫画家所必不可少的制作漫画的工具，虽然现在很多画家都转为利用电脑软件处理后期画面效果，但是利用拷贝台在草稿上拷贝正稿以及保留铅笔原稿的方法仍然被大多数画家采用。拷贝台包括专业拷贝台、医用拷贝箱，甚至可以用抽屉加玻璃板的方式制作简易的拷贝台。（图 1-36）

纸张与原稿规格

复印纸：复印纸是最为常用的纸张，由于其价格便宜，购买便利且纸张尺度多样，因而成为国内漫画

家习作与草图创作的首选。

漫画原稿纸：漫画原稿纸印有浅蓝色的参考定位线，浅蓝色的线在印刷时是印不出来的，而这些定位线是与印刷有关的。B4 尺寸的漫画原稿纸多数是投稿用，因为出版商会涉及印刷和出版，所以在漫画稿纸上加上一些浅蓝色的定位线，用于方便绘画者在这些参考线辅助下准确绘制规格框和内框线。另外画材店也有出售不带定位线的原稿纸，可选择使用。

绘图纸：纸张较厚，韧度较强，比较适合用来画尺度较大的篇幅和封面。可依据个人需要及价格来选购。（图 1-37）

第二讲

动画前期制作流程及工具

我们将动画制作分为三个阶段：动画前期、动画中期和动画后期。本课要讲述的是动画前期中的工具使用。动画前期制作依次包括：编写故事梗概，收集形象素材，绘制故事板以及场景设计和人物造型设计。动画前期涉及的专业工具有动画铅笔、定位尺、动画纸等，需要大家牢记和掌握。

动画铅笔

动画铅笔分普通铅笔、自动铅笔和彩色铅笔三种。

① 自动铅笔：主要用于修形加动画。一般采用0.5—0.7 mm的2B铅芯。其特点是经济方便，画出的线条清晰，变化性强，有韵味，易修改，特别是在电脑扫描上色时仍能保持线条的清晰度，是目前各动画从业人员首选的铅笔。

② 彩色铅笔：分红、蓝两种。红铅：常用于正稿和需要强调的地方，如对位线等处；蓝铅：多用于绘制草稿和阴影处。红蓝铅笔的使用更便于定型和修改。动画前期用红蓝两色的彩色铅笔画草稿，中期用其画原画的草稿以及镜头设计稿与背景空间层次区分。（图1-38至图1-43）

图1-38　NERO

图1-39　祁瞻

图1-40　NERO

图1-41　祁瞻

图1-42　NERO

图1-43　祁瞻

定位尺

定位尺也叫做定位钉，是动画必备工具之一，形状像尺，但没有刻度。定位尺的功能是用来固定动画设计稿、动画纸、赛璐珞片和背景等，并使它们成为一个整体。定位尺的规格通常为长280 mm、宽20 mm，有铜合金、铁合金、不锈钢等不同材质，尺身上有三个突起物，也有的是两个突起物，当中为一圆柱体突起物，尺的两端为长方体突起物。动画纸上端有同样形状的三个孔，固定在定位钉上后放在专用的拷贝台或拷贝箱上，可以清晰地看见下一层纸上的图案，根据这个准确的定位，才能完成不抖动的动作。（图1-44）

动画纸

动画纸的特点是上端有统一定位的钉孔，用来画镜头画面、设计稿、原画和动画。动画专用绘图纸，即在一定规格的纸张上打了定位孔用来绘制单张分解动作的纸。动画纸分12F、16F、24F等不同尺寸大小，根据画面大小或镜头效果作不同的选择。

动画纸按用途分为动画纸和修正纸。动画纸通常为白色，用于描绘确定的单张分解动作；修正纸通常为黄色或绿色，用于造型的修正、动画的修改以及打草稿等等。（图1-45、图1-46）

拷贝台

拷贝台也叫做透写台，是由一个灯箱上面覆盖一片毛玻璃或压克力板所组成，将多张重叠的动画纸放在毛玻璃或压克力板上后，光线会透过毛玻璃或压克力板而映射在动画纸上。

可用来透光描绘中间画以及原画设计时画面之间的空间顺序布局，描线上色、设计稿修改等也能用得上。拷贝台是职业漫画家必备的工具之一。（图1-47）

画面分镜头规格

画面分镜头是动画片导演对未来影片的整体构思及包含视听效果实施方法的图文对应的设计蓝图，是动画片创作与制作团队统一认识、落实工作的重要依据，同时也是生产计划与制作效果顺利实施的保证。画面分镜头的形式是由镜头画面与文字描述组成的，动画片未来的视听效果都涵盖其中。画面分镜头的规格大致分为两种，用于电视屏幕的4∶3规格和用于电影宽银幕的16∶9规格。（图1-48、图1-49）

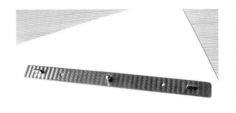

图1-44

图1-45

图1-46

图1-47

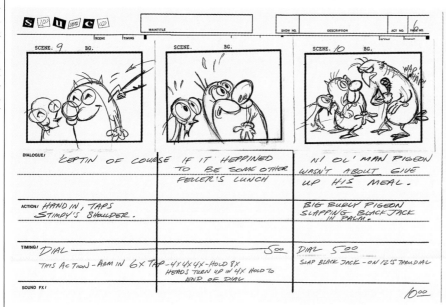

图 1-48

Die 3 Bundesröt / Locker / Storyboard

...scho lang satt!

Am Samschtig z'Obe ...

... wenn ich mir eins bau ...

...isch zwar nie öppis los ...

... doch ich weiss ...

... ganz genau:

图 1-49

本课习题：

 1.简述动画前期制作流程的步骤。

 2.动画前期制作流程其中一个步骤是绘制画面分镜头。简述画面分镜头的绘制对于整个动画制作的意义，其规格是多少？

第二课 基础技法训练

课程名称： 基础技法训练。

授课时数： 四十到六十学时。

教学定位： 漫画绘制和动画前期制作都离不开绘画的基本功。无论是传统绘画还是漫画和动画，画作无非是由若干的点、线、面构成。以点为单位，点的运动形成线，线的运动形成面。那么线既是点的延伸，又是块面的基础，加之动漫作品大都需要运用线描，所以在本章节我们重点讲述在动漫创作中如何用线。

教学目标： 通过本课程的学习，使学生明白线的运用既是绘画的基本功，又是动漫创作中必不可少的元素。依据写生训练学生用线的准确度和灵活度，使学生加强手绘能力，深刻认识到用线的重要性，并能灵活运用在动漫作品的创作中。

教学重点： 掌握在动漫绘制过程中线的使用要领。

教学难点： 如何掌握线在运动中的绘制方法以及线面结合的表现方法。

教学方法： 本课程教学以理论讲授与实践相结合，遵循由浅入深、循序渐进的教学原则，教师根据课程大纲的规定，讲授本课程要掌握的知识点与考试要求，并在授课过程中多作经典动漫作品的分析，以丰富学生的知识面，提高学生的艺术欣赏水平。

第一讲

草图工具的选择和运用

通过前一节的学习,我们对各种动画及漫画专用工具有了一个概括的认识,对这些工具所展示的特性以及画面效果有了初步的了解。接下来我们谈一谈草图工具的使用方法。

草图绘制是一个先表达意趣再逐步修正形态的过程。用铅笔绘制动漫画草图与速写相似,都是以最快的速度绘制出心中的图像,包括其大致的轮廓和动态,这个阶段找准大感觉是最重要的,尽可能地忽略细部。草图是进一步绘制成稿的依据和基础。草图可以画得很潦草,但要认真对待,选择绘制工具也很重要。

绘制草图时,大都是使用铅笔。铅笔的种类很多,包括草图铅笔、动画铅笔、木质铅笔、自动铅笔等。(图2-1)通常我们在绘画前都会寻找灵感,找寻能够表达内心情感的触点。于是创作时先进行粗放的构图与表现,这个时候应该选择较粗软的铅笔在纸上迅速地绘画,通常我们会将草图铅笔和部分彩色铅笔作为绘制草稿的工具。用铅笔画出线条在纸面上快速地寻找准确的结构与动态,是绘制草稿的基本形式。(图2-2至图2-4)

铅笔以其柔软滑顺的笔触以及可修改的特性成为绘制草图的不二选择。其实除去它的草图功用,铅笔绘画也有其特殊的魅力。首先,最普通

图2-1

图2-2 杨 岚

的绘图工具能给人带来亲切的感觉，
孩子们最初的画图工具自然是铅笔。
看到铅笔绘制的图画，读者会感觉作
品仿佛就是自己画出来的。(图2-5)
再者，熟练运用像铅笔这样简单而便
利的绘图工具反而更彰显画面的力
度。(图2-6)铅笔直接的表现方式，
反而体现出作品的张力。如果画面中
缺乏这种描写和造型的力度，作品就
无法传达出想要的气氛，而画中的情
景也变得索然无味。

图2-3 祁 瞻

图2-4 祁 瞻

图2-5 杨 岚

图2-6 祁 瞻

除了黑色铅芯的普通铅笔外，绘制草图还经常会使用到红蓝两色的动画铅笔。在动画前期设计中，常会使用红色和蓝色的铅笔来绘制草图，因此红蓝铅笔又叫做动画铅笔。动画铅笔有其使用的特殊性。红笔用于创作带有节奏和速记式线条的动作。蓝笔用于人物造型并且将造型置于结构和容器中。这里要补充说明一点，红蓝铅笔不仅专用于动画领域，对于漫画的造型绘制也同样适用。我们之所以选用红蓝铅笔为训练的工具，是要借此认识物体结构与内在变化，将所描绘的事物分层理解，逐一表现。最终目的是能够将自己所表现的事物看得更清楚。（图2-7至图2-12）

图2-7 祁 瞻

图2-8 祁 瞻

图2-9 祁 瞻

图2-10 祁 瞻

图2-11 NERO

图2-12 NERO

我们使用动画铅笔要掌握一定的步骤。首先用红色铅笔绘画动态韵律与结构，接着用蓝色铅笔将服装与道具绘出，最后用黑色铅笔勾勒线条和补充细节。这样一个完整的角色形象就绘制出来了。

第一步：我们使用红色铅笔寻找物体韵律与结构的存在，一般会画出形象雏形、动势、身体或者肌肉变化。总体来说是针对人体的表现，期间包括对角度与空间感的把握等。这样我们就极容易把握事物的内在规律，继而进行下一步的表现。（图2-13）

第二步：当把人体的运动与变化画出后，我们开始绘制附着在人体上的物体。一般来说在特定故事中出现的人物都存在他的外在装饰与所处的环境，当我们画出人体的结构与基本动态后，对于外在的表现就相对会容易得多。下面，让我们在人体上用蓝色铅笔绘画出第二层事物，包括附着的衣物和其他饰物。（图2-14）

第三步：绘制完成草图后，我们就可以用黑色铅笔进行完善。现在画纸上的角色具有透视性（一层身体结构，二层衣物装饰），下一步的绘画更加直观，在先前的基础上大展身手，用表现性的线条勾勒出角色最终的样貌。也就是说把我们所能看到的内在结构用确定的线表现出来，在保留原有的结构的基础上，对之前繁杂的线条进行提炼，也就是在这个阶段将画面升华！（图2-15）

有时绘正稿会因为力求精确而束手束脚，导致正稿反而没有草图的活力与表现力。所以提炼正稿，不仅要摒除多余线条和画准结构动势，还需要保留在草图上展现的原始激情。因此我们要保留草图，哪怕是最初的结构草图，用以和之后的正稿作对比和参照。这时，我们需要使用拷贝台，在无须覆盖草稿的前提下绘制出正稿，并完好保留草稿。这样，我们所用的方法比一般的绘图方式要多出两个步骤，为的是能够对创作中的人物有深入的认识与把控。

在经历这种绘画方式之后，我们拥有三幅不同表现方式的作品：1.创作雏形草图；2.铅笔正稿；3.钢笔正稿。（图2-16至图2-18）经历三个阶段的绘画可以使我们更好地理解绘制对象，把握物体本质进行深度刻画，提高绘画意识。正稿必须准确展现原有的意图并且将其升华。

图2-13

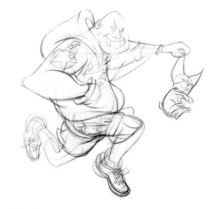

图2-14

图2-15

图2-16

图2-17

图2-18

第二讲

线的训练要领

无论是传统绘画还是新漫画，抑或动画前期绘制，画作无非是由若干的点、线、面构成。以点为单位，点的运动形成线，线的运动形成面。那么线既是点的延伸，又是块面的基础，加之动漫中大量运用线描，所以在本章节我们重点讲述在动画、漫画中如何用线。

首先，正确的握笔姿势能够赋予我们更快更准地绘画的可能性。手以正确的姿势握住笔杆，要松紧适度，笔尖与指尖的距离大概为3 cm。这样容易看到开阔的画面，能够随时控制用笔。

我们把笔比作"太阳"，把用手腕绘画时的状态当作是"地球围着太阳转"。也就是说，当我们开始绘制线条的时候，需要用手腕来控制线条的大走向和力度，手指把控轻重与小方向，同时将铅笔的本身不停旋转调整位置，所有的一切都在运转，逐步地训练手脑的配合，这样的训练才是正确的方法。

其次，我们在绘画线条的时候，要避免随意性，先决定绘画的主题，有一个大致形象在心中，线条随着这个形象铺开，而非随意的线条堆砌。这是避免大脑偷懒的要点，积极思考，心中的画面才会逐步展现。

最后，线在绘画中起着何等重要的作用？

以丢勒的木刻《西斯廷的殉道者》为例，这幅人体画中，大腿部的线条清晰地描绘了内外层的肌肉和缝匠肌；下肢的股骨和胫骨的骨骼结构刻画逼真。对称的两腿，线条走向相互对应，不仅显示了体积大小，而且表现了人物的姿势。画家还用同样的笔触画了人体躯干，在我们的视觉中造成如上所述的印象。看右胸上的线条走向的变化，它将观者的视线引向抓住树枝并向上高举的胳臂。画中所有笔触的走向都是意味深长的，它勾勒出形状、体积，始终吸引着人们的视线。从上述可以看出训练用线是一切绘画的基础。用线的好坏足以决定一部作品的成败。（图2-19）

线的表现力

在同一幅画中存在两种不同的线——轮廓线、结构线以及由线组成的块面。（图2-20）此外，不同质感的对象也要用不同的线去表现其特性。这些用线的表现需要多加练习，以写生进入创作，多观察生活中的事物，在绘画中进行提炼。例如水面、树木、山石等自然景观，皮制、丝质、

图2-19

图 2-20　祁　瞻

图 2-21　祁　瞻

图 2-22

图 2-23

图 2-24

图 2-25

图 2-26

图 2-27

甲质等人造物品的绘制，都需要通过不同的线条样式表现其各异的质感。（图 2-21 至图 2-27）

　　在画人或物体时，首先笔触走向的选择是很重要的，即便是阴影部分，也不是单纯的画上一点暗部就了事。所有的线条笔触都要体现物体内部的结构，这就要求作画的人具备对人体解剖和透视学的知识。（图 2-28）此外，选择也是很重要的，并非把所有看到了解的结构都画到作品中去。艺术家要有判断力，这种判断力的表现之一，就是画家对他所画作品的总效果究竟要强调到何种程度要胸有成竹。（图 2-29）再者，线的轻重缓急表现出不同质感，不同对象运用线条也有所不同。线条被赋予强弱变化，轮廓用粗线条，其他细节部分都用细线条处理，是一种能达到最佳清晰效果的方法。用细线条处理细密部分使画面显得紧凑。细线条不仅可以使画面的空间扩展开来，也能达到收缩的效果。（图 2-30）

线在运动中的运用

本节讲解如何用线表现运动，或者说如何用线更好地绘制出运动中的物体。

描绘运动中的物体，主要是表现出它的动势。动势有两层含义，首先是怎样的运动，其次是怎样的方向。动势包括人体、动物运动的态势和非生命物体运动的态势。用线描绘动势，有两点需要注意，一是线条的走向是为了吸引、导向观者的视线；二是强调结构或动势的主线，使其硬朗明晰，对应部分线条轻柔细碎，这样的处理手法在对比中产生出强烈的运动感。（图2-31、图2-32）

在新漫画中，用线表现运动还有一种特殊的处理手法。这些线条在强调画面的速度感和冲击力时是必不可少的。我们称之为背景特效，其中包括三种不同的效果：速度线、集中线、流线。（图2-33至图2-35）

对于动画绘制来说，线条有四项基本要求，包括精准、挺拔、均匀、灵活。当然此标准在新漫画中依然适用。（图2-36）

精准：我们都知道，当使用线条描绘事物时，关键之处在于能否准确地画出我们想要的东西，每一笔的刻画都要到位，线条与线条之间的连接逐渐将事物绘出，那么就要求我们在绘画中意识与工具结合在纸上表现生命。

挺拔：线条要存在韵律般的美感，当我们描绘事物时要学会将线条组织出空间感，从初始的用笔到结束必须如春蚕吐丝一气呵成，使其具备生命感。

均匀：在绘画中依据物体的变化，我们要画出长短粗细不同的线条，那么在线条本身的表现上是具备粗细关系的，但这个粗细关系是均匀的变化，如同工笔描线或者书法用笔，既要放得开又要收得住。

灵活：当我们在塑造事物时能否利用线条顺利地将变化多端的事物表现出来，就在于线条是否能够完全地根据事物的变化而变化。在绘画中有很多的转折点和对细节的处理，这个时候线条的韧性与流畅度就较为重要了，所以灵活度是很值得我们进行训练的。

画家通过灵动而具生命感的线条，借助线的粗细、起伏、轻重、坚柔传达人的心灵情感。通过线条的流畅转折、收擒放纵，表达画家的艺术感受与个性。

图2-28 祁瞻 杨岚

图2-29 祁瞻

图2-30

图2-31 祁瞻

图2-32 祁瞻

图 2-33

图 2-34

图 2-35

图 2-36

线面结合的表现

在绘画中，用线的不同方式，造成画面的不同效果和作品的不同风格。下面我们来讲述三种线面结合的方式及其产生的三种不同绘画风格。

1. 线的延展形成块面，块面是由若干轻重不同的线组成的。这是一种以传统绘画进入动漫创作的方式，有强烈的写实感，对物体结构把握准确到位。细线与大面积黑色的对比显得尤为突出，周围的黑色块将人们的视线引向中心。（图2-37）

2. 块面的范围是由边缘线限定的。这是我们常说的欧美写实风格，黑白对比强烈，画面切割到位。明暗对比的画面具有写实性风格。线与面的对比，以线描为主体的画面上增加大面积的黑色，不仅使画面显得紧凑，而且线与面的对比增强了美感。大面积的单色面，根据其形状大小和位置不同，能够产生各种不同的效果。黑色块面的形状以及黑白面积的协调比例都恰到好处地使整个画面显得紧凑起来。（图2-38）

3. 块面与周围的线衔接融洽。这是常见的日式绘制风格，运用网点过渡，产生具有半色调的柔和效果。无论是照片还是绘画，亮色部分与暗色部分之间的效果，都称为半色调。用半色调的方法将黑白对比予以调和能恰到好处地创造自然而流动的画面效果。（图2-39）

绘画中的块面主要表现了物体的光影效果，进而展现体积感。在新漫画中，暗部分为两种：涂黑的，上灰网的。也就是线圈定了亮部范围（白），灰网部分是过渡的灰面（灰），涂黑的代表暗面（黑），分别代表了黑白灰的光影关系。

此外，我们还要讲一下光照的问题。由于光照才能产生不同的光影效果，画面的光效并非一定是自然光，为了产生特殊效果，大多动漫艺术家是使用艺术用光的。自然光和艺术用光有很大的区别。自然光指我们生活的环境中可能出现的光照，包括天光和灯光，艺术用光在这里是指假定性的光源。动漫中常常用到假定性的光源，也就是在自然场景中并不会出现这种光影效果，是画家假设的，为了表现人物心情或烘托气氛用的，例如恐惧、幸福、沮丧等。

从物体正面以一定的角度斜射过来的光称为顺光。在视效上是最自然的光影表现形式。在物体的后方搁置光源和从物体的下面向上发射光线，这两种光影表现手法能制造富于戏剧性的视觉效果。从头顶上方照明，如舞台上的聚光灯，称为45°光，是一种使出场角色顿时引人注目的光线。（图2-40至图2-42）

图2-37 祁 瞻

图 2-38　祁　瞻

图 2-39　NERO

图 2-40　薫

图 2-41

图 2-42　薫

第三讲

写生训练

写生对于动画和漫画的创作至关重要。写生既是素材的积累，也是绘画经验的积累。

写生时首先关心的应该是构图的总体布局，考虑采用何种笔触。而在构图的最初去考虑微小的细节是没有意义的。正式动手绘画之前，对所画对象应进行详细的观察和仔细的研究。在画家审察眼前的景物时，常常要运用他的全部经验、知识和才能。例如：决定是画全景还是只需要一个局部或一个细节，是否应搬移这部分，删除那部分，是否将其他的景物和因素编排进来，等等。对所有基本的素材，无论是彻底理解它们，还是将它们刻画到速写中去，均至关重要。如一株树单是光源不同，就会呈现出多种的姿态，更不用说受到风向和季节的影响所发生的种种变化。因为速写就是绘画的速记，在后一阶段是要正式画为作品的，进一步揭示所画作品的主题并丰富它。

写生的步骤：现场写生；然后再加工、精心润饰、补充细节；最后加入绘画者的思考和动漫画的元素完成创作。（图2-43至图2-45）

本课习题：

1. 对站、坐、蹲三种不同姿态的人进行写生，并注意绘制过程中线条的运用。

2. 对劳动场面进行写生，并注意人物的动态和场景的相互关系，以及描绘运动中人体的线条的运用。

图2-44

图2-43

图2-45

第三课　人物造型设计

课程名称：人物造型设计。

授课时数：四十到六十学时。

教学定位：在诸多的动漫作品当中，多是以人或拟人化了的动物为主人公来展开剧情的。可见，人物和动物在动漫作品中总是起着主导作用。本课程讲述了动漫人物的表现与绘制方法，对于动漫创作有着重要的意义。

教学目标：通过本课程的学习，使学生了解动漫人物造型的创作规律以及在动漫创作中运用夸张变形的重要性。在此理论基础上，提高学生的观察能力与造型能力，逐步完善学生对人物造型设计的认识，最终使学生能够深入掌握动漫人物造型的绘制方法与技巧。

教学重点：了解动漫人物造型的规律。

教学难点：掌握动漫创作中夸张变形技巧的运用。

教学方法：本课程教学以理论讲授与实践相结合，遵循由浅入深、循序渐进的教学原则，教师根据课程大纲的规定，讲授本课程要掌握的知识点与考试要求，并在授课过程中多作经典动漫作品的分析，以丰富学生的知识面，提高学生的艺术欣赏水平。

第一讲

人物比例的掌握

在诸多的动漫作品当中，多是以人或拟人化了的动物为主人公来展开剧情的。可见，人物和动物在动漫作品中总是起着主导作用。本课程分别从人体、面部与五官、手部、动态及动画标准造型设计等方面讲述动漫人物的表现与绘制方法，对于动漫创作有着重要的意义。

人体

对于人体的绘制，我们应该根据传统绘画的经典标准——米开朗基罗测量法，即把人体分为八等份，每等份为一个头的高度。理想的成人身体比例是8个头长，少年6个头长，儿童约4个头长。当然，漫画会根据形式和风格的创作需要来采用这一标准。漫画人物可以脱离现实的比例进行变形，2头身或10头身都可以，只要了解人体标准的比例和基本要点，就不会出现不自然的感觉。故意的变形才会产生漫画般独特的艺术效果。

年轻男性：多用硬朗的直线描绘。肩幅宽，腰比肩窄，上身呈倒三角状。腰的位置较女性偏低。手腕和脚踝略比女性粗大。手脚较大，脖颈较粗。

年轻女性：多以柔和的曲线描绘。肩部呈"八"字形略斜。整体呈曲线形，腰部较细，胸部和臀部具有浮凸感。脚踝很细。

少年：头部比起成年人较大。四肢短小，粗细变化不大。肩部和腰部宽窄相当。整体呈桶状。

儿童：头部较少年更大，几乎看不到脖子，整体呈圆嘟嘟的形态。手足很小。

中年女性：比起年轻女性来绘制时更需强调身体的曲线。中年女性更丰满，胸部及臀部更有分量。腰部、手腕及脚踝较粗。

中年男性：比年轻男性略胖，腹部微隆，头发也稍显稀疏。

老年人：弯腰驼背，致使头部向前探。肩部下斜，膝部略微弯曲，双脚分开，呈现出连站立都吃力的无助感。（图3-1）

图3-1

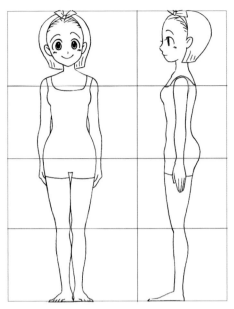

图 3-2

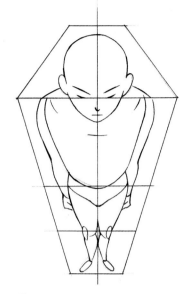

图 3-3

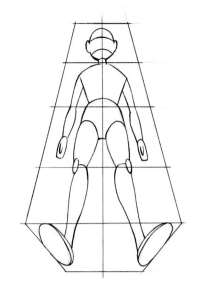

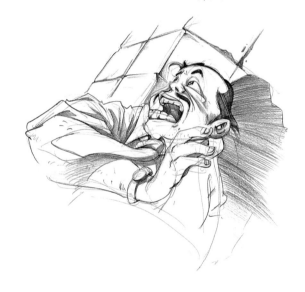

图 3-4

在绘制人物时,可试将全身分为四等份:头顶到肩关节处,肩关节以下到腰关节,腰关节到膝关节,膝关节到足底。(图 3-2)

以上讲述的是在平视状态下人体的比例。在动画与漫画的绘制中,因情景或构图需要,常常要表现在俯视或仰视状态下的人体。俯视就是从上往下看,对远景的俯视带给人平和的感觉,对近景的俯视则会产生紧张感;仰视指从下往上看,往往让人产生压迫感;平视则是将视角维持一般高度来看。

俯视:头部最大,几乎看不见脖子,越往下越小,最终在两侧向下的延长线上有一个灭点。给人感觉腿部短,身体较长。(图 3-3)

仰视:脚部最大,越往上越小,最终在两侧向上的延长线上有一个灭点。给人感觉腿很长而身体短小。(图 3-3)

调度不同视角来绘画才能造就不同情境,更好表现出人物的心理状态。同时也给读者带来视觉上的冲击力。如果一直重复相同视角的描绘,不但无法为作品造势,还会让人觉得乏味无聊。(图 3-4、图 3-5)

图 3-5

面部与五官

首先掌握了人体的比例，接下来我们讲面部与五官。一个动漫角色是否有魅力，先决条件就是看其面部与五官，也就是我们所说的长相。

由于年龄层的不同，五官的分布位置也不同。当然，也会因作者画风不同而有所差别，但基本的平衡位置如图3-6。与传统绘画一样，动漫人物的绘制也讲究三庭五眼。

在画面部时，先用圆勾勒大概形状，然后画上中心线，再将眼睛的位置标上去，这个步骤叫做五官的构架。(图3-7)

动漫作品中会夸大人物的眼睛，削减其他五官的表现，但并不能脱离三庭五眼的基本规范，而且要夸张得美观恰当。不同视角的面部要依据透视的法则来绘制。俯视：眼鼻定位线呈下弧线，耳朵位置上移，五官看似聚集在头的下半部。仰视：眼鼻定位线呈上弧线，耳朵位置下降，五官看似聚集在头的上半部。(图3-8)

在动漫作品中会根据故事情节出场不同年龄不同性别的角色。生活中，男人和女人的面部特征一目了然。在摒弃了面部细节只强调五官的动漫作品中，男女老幼的特征如何表现呢？

男性：眼睛在脸部2/3的位置，眼睛细长，口鼻较大，下巴的线条略方，眉毛浓密。

女性：眼睛大致在脸部1/2的位置，眼轮廓较圆。唇、眉、下巴的弧度越柔和越有女人味。

少年：眼睛位置在脸部1/2以下的部位。眼睛大大的，口鼻又圆又小，下巴呈弧状，眼睛距眉毛的位置较远。

儿童：儿童的五官都集中在脸部的下半部1/2的部位，而且都是圆圆小小的。

老人：男性脸部的骨骼最为突出，女人则稍为丰满。眼轮匝肌明显，眼皮下垂，口鼻四周有明显皱纹。(图3-9)

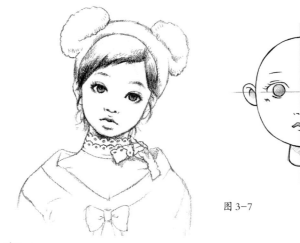

图3-6

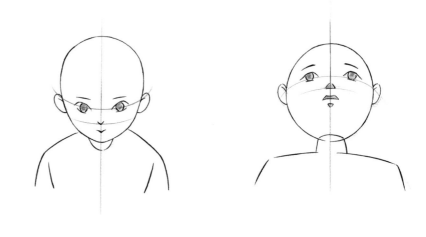

图3-7

图3-8

图3-9

图 3-10

图 3-11

图 3-12

图 3-13

图 3-14

人物的脸形也有很多种，比如国字脸、鹅蛋脸、圆脸等。不同地域不同人种的人的脸形也各有不同。所以我们在学习画面部的时候不仅需要注意内部结构还要注意他们不同的个性特征。

人的面部是情感集中表现的区域，因为五官几乎都在面部，它们的组合带来人物表情的变化。这种变化也是极其丰富的。如何描绘好面部表情，通过其表达意思和情绪呢？

面部的情感表现主要靠眼睛和眉毛的组合以及嘴来表现。特殊情况下，可夸张耳朵及鼻孔等的形态来表现。基本模式有以下几种：

喜悦（图3-10）、害羞（图3-11）吃惊（图3-12）、愤怒（图3-13）、悲伤（图3-14）。

但喜怒哀乐的表情并不是单一模式的，拿笑的表情来说，就分为微笑、大笑、窃笑、意味深长的笑等。丰富多彩的脸部表情根据角色的性格以及当时的特定情景来决定。

手部

　　手是人身体不可缺少的部分，手部形态灵活多变。在漫画创作中，绘制手部的姿态需与面部表情及全身动态协调一致，用不同的手势表达感情，传递信息。比如交合的手表达内敛的情感（图3-15），外张的手具有攻击性（图3-16）。

　　手的绘制技巧：将手分为三部分：手掌、大拇指还有其余四个手指。手部也有关节，关节的曲伸带动整个手部姿态的改变。（图3-17）

　　不仅要画出身体的动态和面部表情，还要细腻地表现手和足，使角色富有感情。也就是说要用手、足连动全身去表达角色的喜怒哀乐。（图3-18至图3-21）

图3-15

图3-16

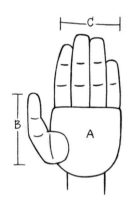

图3-17

图3-18

图3-19

图3-20

图3-21

动态

人物在动画、漫画中，是以动态的画面展现进行故事的表述的，如果我们只对脸部进行表现，或者使画面中的主角机械地站立的话，我们的画面就不会有生机，也不可能感动读者。所以，一定要赋予作品"主人翁"生命，使他们"活"起来，换句话说，他们是画家的"演员"，根据剧情的编排在画纸上表演，该怎样安排演员们的表现，就要看画家的思考和绘制了。

无论是奔跑、跳跃，或者是歪坐在公园的长椅之上，只要"演员"们表现出种种的动态来，就可以证明他们是活生生的人物而不是木头。

画角色动态时，先用简单的圆圈和直线绘出结构，这样可以抓住动态以及人体比例的平衡关系，确定符合角色特征的动作。1.用轻笔触画出圆和直线来绘制角色全身。目的是把握住整体的动态，这时必须忽略细部。2.画好了只有圆和直线构成的草图，将胯部、肩关节、肘关节、腕关节、膝关节和踝骨这些可以转动弯曲的关节处画上圆圈。这个圈就代表关节，虽然看似简单，但画的位置是否得当关系到之后的深入创作。画出关节就可以让动作合乎规范，还可以及时对动作不当之处进行改正。这样骨骼结构也构建起来了。（图3-22）

各种动态图例

1.人物的对话与动态相协调。（图3-23）2.动态表现情绪、传递信息。（图3-24）透视与动态相结合，增强戏剧效果，强调其真实感。众所周知，当我们在观看每一部电影的时候，摄像机并不是完全在水平线上拍摄演员的表演的。无论是蜘蛛人在摩天大楼里的穿梭还是黑客帝国中尼奥的灵活身手展现，我们都会发现，随着摄像机拍摄的角度的变化，画面所带来的震撼效果使人犹如置身其中。多角度的表现更能体现画面的美感，尤其是立体效果，所以，一定要学习如何从各角度去绘画你所要展现的画面。（图3-25至图3-27）

运动的时候，手臂和脚的动作或目光的方向都与平时不一样。描绘运动要求具备人体解剖学的知识，才能把各种不同运动特有的复杂动态清楚地表现出来。（图3-28至图3-32）

我们知道人体分布的肌肉在运动中是会变化的，骨骼的变动以及肢体的运动带动肌肉的变化，然后由整个形体决定外在的表现。所以我们要了解肌肉的分布，并掌握它们在运动中的变化。（图3-33、图3-34）

动画标准造型设计

标准造型设计包括人物造型的多种视图，它们分别是造型比例图、

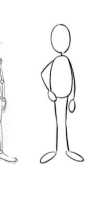

图3-22

图3-23

图3-24

图3-25

图3-26

图3-27

图3-28

结构图和转面图等内容。设计的方法
是将设定好的形象进行合适动画表现
的相应的模式设计和图形的规范化处
理，通过归纳、提炼、概括之后的动
画形象应该具有量化和模式化的特
点，这样才能够让所有的合作者依照
同一个具有艺术约束力的标准规范进
行工作，保证影片视觉形象在表现过
程中的统一性和协调性。

　　造型比例图

　　1.形象本身的比例；（图 3-35）

　　2.形象与形象之间的比例；（图
3 36）

　　3.形象与环境之间的比例；（图
3-37）

　　4.形象与道具之间的比例。（图
3-38）

　　造型结构分解图

　　造型结构分解图是专门提供给
动作设计人员与动画工作者的提示和
约束，是对形体结构与动作关系的图
解式分析。

　　清晰地看待我们所要绘画的事
物，运用不同颜色的笔来逐步绘画出
各个物体。例如红色可以寻找韵律与
骨骼，再使用蓝色将附着在骨架上的
肌肉以及变化绘出，最后再用黑色铅
笔描绘整体的轮廓和大的结构变化。
直至我们真的对内在有所了解后再舍
弃前期的方法，直接用黑色铅笔流畅
地描绘事物。

　　对肌肉的描绘看似相当困难，这
是因为我们在绘画时无法直观地看到
骨骼与肌肉的结构。其实如果能够具
备视觉推理的能力就会很快地掌握学
习它的方法。首先思路要清晰，骨骼
是决定动作的主要内在构架，肌肉附
着在骨骼上，当骨骼有所变化时，肌
肉也会相应地做出运动反应。继而，
外在皮肤的放松与收紧也因此呈现不
同状态。也就是说，这三层事物，骨
骼、肌肉、皮肤是紧密相连的。我们
在认知上要区分对待学习，但是在绘
画的用法上要统一运用。由此可见，
当我们画人体写生训练或者着衣写生
时，就不难决定对内在结构的认知
了。（图 3-39 至图 3-41）

图 3-29　　　　图 3-30　　　　图 3-31　　　　图 3-32

图 3-33　　　　　　　　图 3-34

 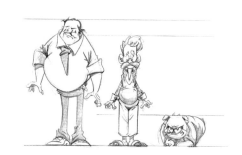

图 3-35　　　　　　　　图 3-36

图 3-37　　　　　　图 3-38

图 3-39　　　　　　图 3-40　　　　　　图 3-41

转面图

转面图是指一个角色的几个关键角度。动画角色表演的过程是逐张画出来的连续变化的图形,每一个过渡和转折都不能忽视形体结构的准确性与连贯性,因此转面图在动画动作设计者心目中就是立体模型的概念。(图3-42至图3-47)

动态图

在此阶段要对规定性的情景动作、物理条件允许达到的极限动作和性格动作进行综合思考,画出最初的动态设想。(图3-48至图3-53)

图3-42

图3-43

图3-44 NERO

图3-45 NERO

图3-46 NERO

图3-47 祁 瞻

图 3-48　祁　瞻

图 3-49　祁　瞻

图 3-50　祁　瞻

图 3-51　祁　瞻

图 3-52　祁　瞻

图 3-53　祁　瞻

动画人物范例

动画角色造型可依据不同方法划分为很多类型。依照职业划分最为明晰。不同职业的角色有着不同的特征,绘画时要注意把握并适当夸张其特征并使人们一目了然。依照职业类型可以划分为运动员、工人、警察、演员等。(图3-54至图3-58)动画和漫画的想象力是天马行空的,除了现实生活中存在的职业类型,还有一些存在于魔幻题材中的职业,如侠客、吟游诗人、狩猎人等。(图3-59至图3-68)

图 3-54

图 3-55

图 3-56

图 3-57

图 3-58

图 3-59

图 3-60

图 3-61

图 3-62

图 3-63

图 3-64

图 3-65

图 3-66

图 3-67

图 3-68

动画中常以人或拟人化的动物作为主角或者配角进而展开故事。除了绘制不同特征的人类形象，还需绘制不同种类的动物形象。我们依照陆生类、两栖类、水生类来划分动物的类型。（图3-69至图3-73）另外在幻想题材的动漫作品中绘制形象各异的怪兽也是必不可少的。怪兽形象虽然是画家想象出来的，但也是参照现有的物种绘制出来的，并不是凭空捏造的形象。（图3-74至图3-77）

图 3-69　　　　　　　　　　图 3-70

图 3-71　　　　　　　　　　图 3-72

图 3-73

图 3-74

图 3-75　　　　　图 3-76　　　　　图 3-77

第二讲

动漫创作中的夸张与变形

图3-78 杨岚

　　和照片不一样,动漫特有的形式可以使人物形象更生动,无论滑稽的还是严肃的都可以表现。如把鼻子或是眼睛等局部的特征描绘出来,其余都忽略掉,这种方法便是动漫的绘画形式。(图3-78)

　　并不是一个好的画家就能够画出一部好的动漫作品。精确画出人体的比例结构只是迈出了第一步,当你能够正确认识到漫画中"漫"字的含义并完全掌握它的时候,你才能够成为一名优秀的漫画家或动画创作人员。"漫"字在此就是简单而夸张的意思。显然,对于动漫来说,简约夸张是其特性。化繁为简,是提炼。到位的夸张变形也是提炼。动漫之所以比其他绘画艺术更大众化,是因为它简单、有趣并且通俗易懂,它的吸引力就在于其绘画中巧妙的夸张变形带给人全新的视觉感受和戏剧效果。

　　我们可以这样认为,大凡是动漫作品都在不同程度上运用了所谓的变形手法。更进一步说,动漫作品的不同风格就是各种变形手法演绎的结果。通过观察画作中变形手法的运用方式不仅能了解到作品本身的艺术特点,还可以对画家个性化的创作风格窥知一斑。改换变形手法的运用方式就等于改变了画作的整体艺术风格。就算是写实风格的动漫作品,其中必然也运用了夸张变形的表现手法,只是程度相对轻一些而已。

　　动漫是一种个人风格鲜明的艺术表现形式,因此在通常,有经验的读者都能通过作品中独具特色的表现手法判断出动漫作品的作者。

　　这些具备个性的风格在构成上是由多种变形手法综合而成。首先是将画面概念化,只描绘出事物的标志性特征,运用直线化或曲线化变形笔下物体。比如概念化人物的身体,对面部描绘仅保留艺术原型的部分特征。或者对于人物真实面貌完全不予理会,只表现人脸所需的最基本要素,如夸大的眼睛,弱化了形状的鼻子和几乎成一点儿的嘴巴,回避对鼻翼、嘴唇、内外眼角等细节的描绘。其次是运用强调的手法,着重刻画某一有特点的部位,如上挑的眼睛或扇风耳等等,这样独具特色又给人印象深刻。最后是运用省略的手法,只保留想要突出的部分,其余全部从画面中省略掉。即便是把眼睛、鼻子都略掉,只剩下一张嘴,仍然有可能表达出脸的视觉概念。借助画面中部分内容的省略,可以达到突出未省略部分

的视效，这就是省略的变形表现方式，也可以说是从反方向进一步发展强调手法。（图3-79至图3-82）

戏剧效果

俗话说"没有冲突就没有戏剧"，意思就是把戏剧效果与冲突联系在一起，戏剧效果通俗来讲就是冲突和转折。动漫作品用画面表现故事，讲述故事的发生发展，在舞台上用演员的肢体语言、表情带来戏剧效果，表现冲突。动漫中的演员是画出来的形象，在绘画的空间想象力更易发挥，表现更加生动灵活。动漫中运用夸张变形的手法渲染气氛，加强戏剧效果。（图3-83）

图 3-79 杨 岚　　　　　图 3-80 杨 岚

图 3-81 杨 岚　　　　图 3-82 杨 岚

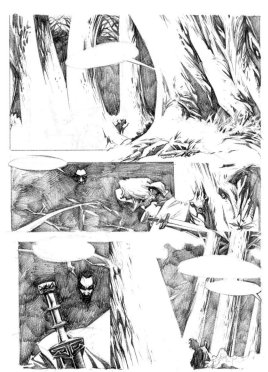

图 3-83 祁 瞻

图3-84 祁 瞻

图3-85 杨 岚

图3-86 祁 瞻

视觉效果

夸张变形使故事和画面更富有感染力，与平时接触到的形象不同，引起观者的新奇感和关注。变形就是形象变形，夸张就是夸大其特征，给人印象深刻，比如表情夸张、动作夸张、形象夸张。在动漫作品中变形最极致的就是所谓的Q版。（图3-84）

Q其实是英文cute的谐音简称。Q代表可爱。基本上Q版就是正常人的比例缩短，但是头很大，头和身体比例几乎相当。用这种大头小身的可爱造型的人物画的漫画，就叫Q版漫画。绘制Q版动漫人物首先要确定头身比例，是2头身还是4头身等等。最矮的比例约为1.5头身，最高不超过6头身。因为1.5头身以下就无法清晰表现出人物身体和衣着，画出四肢的运动也很困难。6头身以上接近真人比例，画出Q版只会像正常版本中的少年儿童，失去了Q版原有的味道。不同头身比例绘制出的Q版形象也千奇百怪、妙趣横生。（图3-85、图3-86）

第三讲

依据故事创作人物造型

　　就像电影导演依据剧本选演员，不同形象气质的人适合不同的角色。漫画和动画创作中，作者就相当于导演，笔下的形象就是演员。一般来说动漫作品是依据故事创作人物造型的。也就是故事脚本在先，人物创作在后，故事规定了其中角色的大致样貌和气质。比如角色着古装还是时装？体型是高大威猛还是弱不禁风？他的面部特征是怎样的？是和善还是凶狠？这个角色在故事中是戏份很足的主角还是走个过场的配角？是正面人物还是反面角色？这些绘画元素实际上在故事脚本中就能找到，只需要我们将文字描述的形象用绘画语言视觉化，这个由文字到画面的转换过程是一个再创造的过程。一成不变的照搬是不可取的，想画出形象丰满的人物还必须加入自己的思考和想象。如图3-87是根据中国古典名著《封神榜》创作的动画人物形象。可以说一千个人的心目中有一千个二郎神的形象，就看你在原作基础上是如何结合自己的想法和审美了。但不论怎样，二郎神的样貌特征和气质是原作既定的，是不应该脱离的。如果在二郎神身上出现哪吒或太白金星的特征就会混淆角色，以致创作失败。

　　在同一部动漫作品中，必然由各式各样的角色出场来构成整个故事。每个角色都有属于自己的样貌、发型、衣着和性格。这些特征是属于这个角色特有的性质，是读者能区别其与别的角色的依据。尤其一个辨识度高的动漫角色必然很有特色，往往因其醒目而受到大众喜爱。因此在创作人物造型时，画家总会给角色增添一两处"异于常人"的特点。

图3-87

第四讲

人物造型的艺术对比

图 3-88　祁瞻

图 3-89　祁瞻

图 3-90　祁瞻

图 3-91　祁瞻

在创作一系列人物造型时，首先要考虑到整体风格的统一。就像机器猫和寒羽良不可能出现在同一部漫画中一样，风格的差异会导致读者质疑故事的真实性。虽然只是在讲故事，但只有让读者信以为真地置身其中才算得上成功的动漫作品。就像电影是假的，但其中的情感是真的，往往能令观众感动。

一系列人物造型不仅要保持统一的艺术风格，还需在协调中见冲突，相似中见不同。如果动画片《圣斗士》中几百名圣斗士都长得一个模样，结果将不言而喻，那样的动画是没人爱看的。上一讲提到过角色造型醒目才会受喜爱，但若画得千篇一律，单个形象再醒目也不特别了。在动漫作品中，主角的特征相比要更明确些，配角大有绿叶衬红花之势，但不排除特点十足的配角。一般来说第一配角和主角的样貌性格几乎都是相反的，有冲突才有趣味性。最后，那些路人甲乙丙的绘制就相对朴素得多了。

第五讲

整体风格与人物造型
之间的互动

　　整体风格包括故事风格、场景设计和人物造型的风格。不同题材的故事适合不同画风，如历史题材适合较为写实的画风，幽默题材适合Q版画风等，但并非界定得那么严格，甚至有些画家故意用不搭配的风格绘制故事达到一种反差。一般来说，故事风格、场景设计和人物造型的风格应该是统一融洽的，这样能创造一个真实感很强的假定性环境，让读者置身于其中获得乐趣和满足感。如果故事整体上是讲述一个悲剧，那么喜感太强的人物造型就不宜出现在其中。同样画面场景应该时常阴云密布，而非阳光明媚。

　　人物和其置身的场景常有互动，场景绘制具有衬托人物加强其真实性的意义，那就要求场景的风格和人物造型风格是统一的，如写实风格的人物必须搭配具有较强透视感的写实风格场景。

图3-92　祁瞻

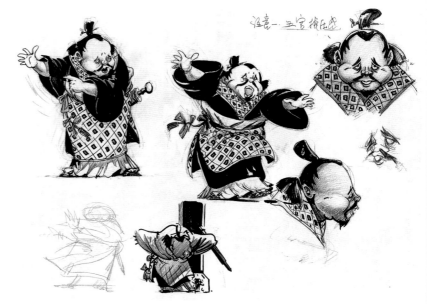

图 3-93 祁 瞻

图 3-94 祁 瞻

图 3-95 祁 瞻

图 3-96 祁 瞻

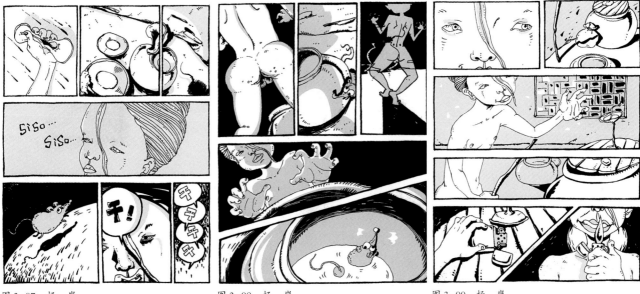

图 3-97 杨 岚

图 3-98 杨 岚

图 3-99 杨 岚

相关学习资料:
《佐治·柏里曼人体结构》
《艺用人体解剖》
Loomis Andrew Figure Drawing for All It's Worth

本课习题:

1.如何理解动漫作品中夸张变形的重要性?

2.绘制一个动画角色的三视图。

3.以两到三个人物为一组进行动漫造型设计,注意整体风格和人物造型之间的艺术对比。

第四课 场景造型设计

课程名称：场景造型设计。

授课时数：四十到六十学时。

教学定位：场景是漫画或者动画形象表演的空间，尤其是追求立体空间透视效果的动漫作品，场景设计尤为重要。场景的合理绘制使得视觉效果自然，透视关系正确。虽然动漫中场景设计要具有合理性，但是决不能被动地服从自然。总之场景起到对人物和气氛的烘托作用，动画中的场景设计还给导演提供视觉调度的依据。

教学目标：通过本课程的学习，使学生了解基本的透视法则，在此基础上掌握场景的绘制方法，最终掌握场景与人物相结合的绘制方法。

教学重点：了解基本的透视法则，掌握场景的绘制方法，将场景和人物按照透视规律结合。

教学难点：掌握动画场景三视图。

教学方法：本课程教学以理论讲授与实践相结合，遵循由浅入深、循序渐进的教学原则，教师根据课程大纲的规定，讲授本课程要掌握的知识点与考试要求，并在授课过程中多作经典动漫作品的分析，以丰富学生的知识面，提高学生的艺术欣赏水平。

第一讲

透视法则

绘画是在画纸等平面上工作，工作的结果，应使观者对平面景物图形产生空间距离感和立体凹凸感。一幅写实的图画，会使观者产生跨过画框就能进入画面深处的感觉。"透视"一词来自拉丁文，意即"透而视之"。将三维物体形状转移到二维平面上，就需要学习透视法则。无论是动画还是新漫画中的场景设计都需要遵循透视法则来绘制。

画中景物的立体感和空间距离感可以用以下几种方法来表现：1. 可用图形重叠表现。将画中诸形体画成前后重叠状，令人感到形体完整的在前面，离观者近；形体被遮挡而不完整的在后面，离观者远；物形层层叠叠，令人感到一层比一层更远；不重叠的图形看去就像在同一个平面上。2. 可用明暗阴影表现。未施明暗的圆球轮廓线，看去像一块平板；涂上明暗和阴影，令人感到圆球由前到后占有的空间，以及圆球与环境的空间关系。3. 此外可以用色彩关系表现，近处色彩暖些，远处的冷些。（图4-1至图4-3）

我们还可以用明暗对比和细节清晰度来表现空间感。近处物体明暗反差大，细节轮廓清晰可辨，远处物

图 4-1

图 4-2

图 4-3

体明暗反差小,甚至混为一片,细节和轮廓模糊。然而,表现空间距离的主要方法,还是达·芬奇所称的"线透视"。场景中的远伸平行线,看上去愈远愈聚拢,甚至会合于一点,这就是线透视。平行线远伸聚集一点,致使路面看上去近宽远窄,等大物体看上去近大远小,圆桌面变成椭圆形,方桌面变成梯形或扁的四边形。所有物体因位置不同而呈现的轮廓线变化,皆属于线透视。即使一幅画中色彩、明暗处理都正确,但因线透视处理不当,这幅画仍难以表达自然的

远近效果。线透视是使观者识别画面空间最为有效的表现手法。我们通常所称的透视就是线透视。掌握线透视的规律是画好场景造型的首要条件。线透视包括:

1. 平行透视 (图 4-4)。方体的两对竖立面,有一对同画面平行,则为平行透视。平行透视方体的三组边线只有一个灭点,属一点透视。表现室内和笔直延伸的街道的纵深感所使用的一点透视很简单,用起来很方便。(图 4-5)

2. 余角透视 (图 4-6)。方体的

两对竖立面同画面都不平行,则为余角透视。余角透视方体的三组边线有两个灭点,属两点透视。表现建筑物的立体感,营造出更加真实的空间。(图 4-7)

3. 同属余角透视。若方体的三组边线都有灭点,则为三点透视。(图 4-8) 使用三点透视,可以再现复杂形和一些很难想象的视角看到的形态。(图 4-9) 灭点的位置不同,会产生不同的远近仰俯的画面效果。

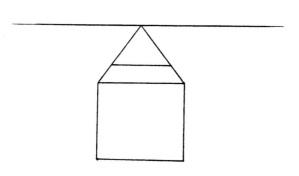

图 4-4

图 4-5

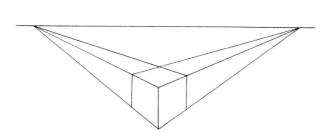

图 4-6

图 4-7

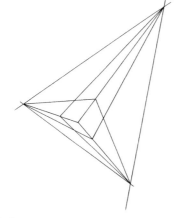

图 4-8

图 4-9

第二讲

动画场景三视图

平面坐标图、立体鸟瞰图和摄影机位图并称动画场景三视图。场景设计主要的功能是给动画导演提供镜头调度、画面构图、景物透视关系、光影变化以及角色动作调度等空间想象的依据，同时也是镜头画面设计稿和背景制作者的视觉参考与空间约束。除了统一于整体艺术风格之外，也是保证叙事合理性和情景动作准确性的空间思维依据。（图4-10）

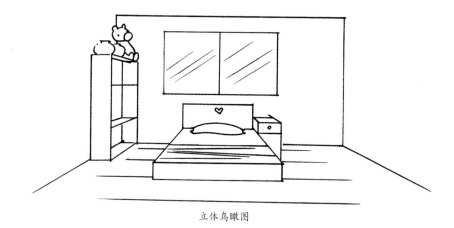

立体鸟瞰图

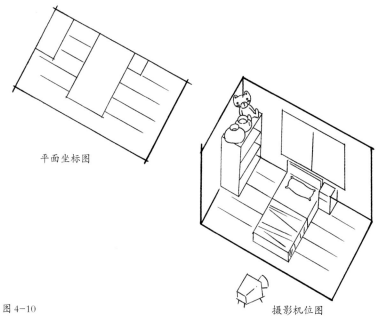

平面坐标图

摄影机位图

图4-10

第三讲

人与场景的结合

图 4-11

图 4-12

图 4-13

图 4-14

图 4-15

一般来说场景的绘制是起到对人物的衬托作用。常常在场景中会出现人物，并且人与场景之间有某些互动。那么在依照透视规律准确画出场景的基础上，我们进一步讲述怎么把人物安放进场景当中。首先应遵循透视法则，也就是说场景与当中的人物要遵循同样的远近仰俯的透视规律，如物体的近大远小、俯视的场景搭配同角度俯视的人物等，这样才会给人真实自然的感觉。在此基础上，人与场景的结合还应讲究气氛融合。因为场景于动漫中是为了配合角色演出的规定性情景，它的作用一是推动故事发展，二是烘托气氛。所以场景的氛围和人物情态是否吻合很重要。（图4-11 至图 4-15）

第四讲

道具与场景的结合

在动漫创作中，往往还需绘制许多小道具供剧中的人物使用或在场景中摆放。场景与道具相结合，不仅透视关系要正确，且要考虑到构图的美观。这些道具使得场景更加丰富，也使得人物形象更丰满有趣。场景中不是随处堆放道具就能被称为画面丰富，要把道具安放在适当的位置，并给画面留白一部分空间，这样的构图才会既丰满又美观。(图4-16 至图 4-24)

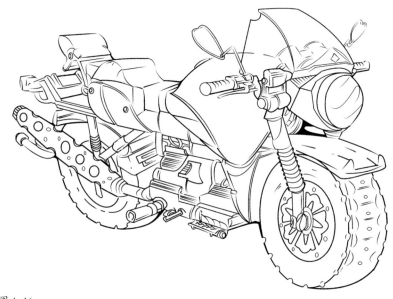

图 4-16

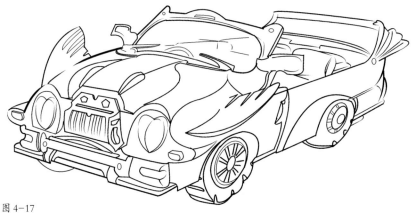

图 4-17

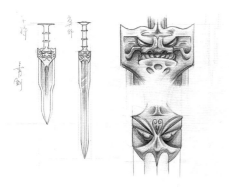

图 4-18

图 4-19

图 4-20

图 4-21

图 4-22　祁　瞻

图 4-23　祁　瞻

图 4-24　薫

第五讲

场景为故事增添戏剧性和真实感

场景绘制是动漫创作中不可或缺的重要部分。因为场景的不同效果直接影响了动漫作品整体风格的形成。优秀的动漫场景设计，并不仅仅是填补画面空白的手段，它不仅能强化主题，渲染气氛，还对塑造角色性格、表现角色心理活动起着重要作用。此外，有些动漫作品中的场景造型还包含着丰富的历史文化内涵，如《大闹天宫》中的建筑造型就透出深厚的中国古代文化底蕴，给人以历史的厚重感。动漫场景依据故事情节的发展来展示，通常在一种事态的发展中具有多种表现形式，我们会选择最适合动漫情节的画面来创作。构图、空间角度、景物环境、光影安排、角色安放等等环节都需要我们用心掌握。总之，优秀的场景设计为动漫故事增添了高度的真实感和强烈的戏剧性。（图4-25至图4-30）

图4-25 祁瞻

图4-26 祁瞻

图4-27 祁瞻

图4-28 祁瞻

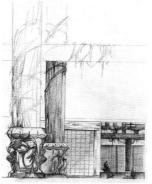

图4-29 祁瞻

图4-30 祁瞻

第六讲

聚散关系、节奏感、重叠

绘制带有场景的构图时，需要把握几个要点：聚散关系、节奏感、重叠。聚散关系在构图上就是指画面布局的有张有弛，紧凑之处刻画细致精彩用以抓住观者的视线，松弛之处看似空荡随性让观者视线放松伸展开来。节奏感是指由构图产生的一种动势，聚散关系掌握得当必然会造就画面的节奏感，有张有弛的构图使画面形成一种流动的趋势，引导观者的视觉。总之，画面要饱满而不拥堵，构图留有适当的空间给人以透气感。就算对物体透视关系把握不准，只要将物体重叠放置，产生遮挡关系自然会有景深的效果，这也不失为一种立竿见影的绘制方法。（图4-31至图4-39）

图4-31

图4-32

图4-33

图4-34

图 4-35 祁 瞻

图 4-36 祁 瞻

图 4-37 祁 瞻

图 4-38 杨 岚

本课习题：

　　1.什么叫做平行透视？简述平行透视在动漫场景中的运用。

　　2.绘制动画场景三视图。

　　3.简要论述在动画制作中场景设定的作用及其意义。

图 4-39 祁 瞻

第五课　动漫种类与其表现形式

课程名称：动漫种类与其表现形式。

授课时数：四十到六十学时。

教学定位：动漫的种类繁多，从早期发展至今又形成诸多新式动漫的形态。按照漫画绘制格式不同划分为三大种类——单幅漫画、四格漫画、连环漫画，这三类漫画既有共性又各有特点；按照创作动机不同将动画划分为两大类——商业动画和艺术动画，它们以各自独特的方式推动着动画的发展。

教学目标：通过本课程的学习，既拓宽了眼界又使学生了解各类动漫的特性。本章又以单幅漫画、四格漫画、连环漫画以及商业动画和艺术动画将动漫分门别类逐一讲解，使学生加深认识，进而掌握各类动漫绘制的方法。

教学重点：掌握连环漫画的绘制流程及动画分镜头设计的方法，熟悉动漫专用语言。

教学难点：认识商业动画和艺术动画的区别以及艺术动画的价值。

教学方法：本课程教学以理论讲授与实践相结合，遵循由浅入深、循序渐进的教学原则，教师根据课程大纲的规定，讲授本课程要掌握的知识点与考试要求，并在授课过程中多作经典动漫作品的分析，以丰富学生的知识面，提高学生的艺术欣赏水平。

第一讲

漫画的种类

漫画的种类繁多，从传统漫画发展至今又形成诸多新式漫画的形态，新漫画也包含在其中。首先我们按照不同的方法来给漫画简要归类。

按用途可分为：讽刺漫画、幽默漫画、实用漫画、实验漫画、教育漫画、宣传漫画。

按形式可分为：单幅漫画、多格漫画（包括四格漫画）、连环漫画、插图小说等。

按色彩可分为：黑白漫画、单色漫画、彩色漫画。

按地域和流派可分为：法国漫画、美国漫画、日本漫画、比利时漫画、英国漫画、意大利漫画、德国漫画、巴西漫画、阿根廷漫画、菲律宾漫画、韩国漫画、阿拉伯漫画、埃及漫画、南非漫画、澳大利亚漫画、奥地利漫画、波兰漫画、芬兰漫画、中国港台漫画。

按受众可分为：儿童漫画、少年漫画、少女漫画、青年漫画、成人漫画。

以上的分类是针对"漫画"这个含义很广泛的概念来分，我们知道新漫画由传统漫画发展演变而来，但又并非传统意义上的漫画，而是一种结合了文学和电影学的新兴漫画类别。

所以新漫画又有着自己的分类方法，一般来说可以按年龄划分为儿童漫画、少年漫画、青年漫画、成人漫画。再者就是按照漫画绘制格式不同来划分漫画种类，包括单幅漫画、四格漫画、连环漫画。讽刺幽默的传统漫画一般为单幅漫画。但当今单幅漫画的定义则类似于插画，一般用于文字间的插图或者漫画故事的封面或扉页，并且由单幅漫画衍生出一种新的漫画形式——绘本漫画。传统四格漫画的出现和传统单幅漫画一样早，本来是在报纸、杂志的角落刊载，讲究起承转合的结构，表现具讽刺意味的幽默，而新式四格漫画在转承基础上综合时下流行元素又产生很多新的突破。连环漫画是当今漫画的主流，也叫做新漫画、叙事的多幅卡通漫画。连环漫画就是运用不规则的分镜来表达一个完整的故事，一般故事的讲述是通过角色对话和旁白，当然画面也要展现时间的流动和故事的发展。

以下章节我们就依照新漫画不同的绘制格式（单幅漫画、四格漫画、连环漫画）来逐一讲解创作过程。

单幅漫画

构图与表现手法

单幅漫画分横向、纵向两种。横向构图适合表现广阔场景，多用于漫画的拉页或折叠海报；纵向构图适合表现高度与纵深感，多用于扉页。（图5-1、图5-2）

如果使用两页漫画专用稿纸进行绘制跨页作品，应将左右两页内侧从基准框线外侧1cm处裁掉，将两张合在一起从背面用胶带粘起来，这样就可以将两页漫画专用稿纸裁剪拼成一页。（图5-3）横跨两页的作品注意不要把重要的东西画在订口处，以免装订后破坏画面的完整度。

单幅漫画最注重构图。如何经营画面位置，将角色放置在画面何处，都需费一番心思。构图就是用画笔在纸面上经营位置，以求画面更生动美观。构图是构思画面的第一步，构图营造动态和气势，将观者带入其中。如中国古代文人画，讲究笔墨意趣，最重构图，像折枝花鸟画中也许只有一枝花或几只鸟，生动之处全在经营位置。漫画也是如此，不同构图产生不同效果。比如，并排放置的三个物体彼此孤立，看起来呆板，缺乏纵深感；将物体放置为两个一组在后，另一个在前，添加了聚散关系和遮挡效果的构图就比较生动。（图5-4至图5-6）

图5-1 杨岚

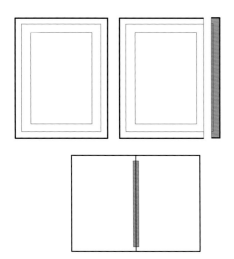

图5-2 薰

图5-3

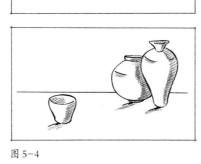

图5-4

图5-5 祁瞻

图5-6 祁瞻

　　但是构图没有一成不变的形式，尤其在这个百花齐放的艺术世界里，各种构图有其不同形态的美。对称意味着秩序、统一，非对称喻示着自由、多样。

　　1. 传达静态美的画面需要借用平衡的构图。可以借鉴中国传统绘画中的构图，运用在单幅漫画里。（图5-7）均衡与对称是构图的基础，主要作用是使画面具有稳定性。均衡与对称本不是一个概念，但两者具有内在的同一性——稳定。稳定感是人类在长期观察自然中形成的一种视觉习惯和审美观念。因此，凡符合这种审美观念的造型艺术才能产生美感，违背这个原则的，看起来就不舒服。均衡与对称不是平均，它是一种合乎逻辑的比例关系。平均虽是稳定的，但缺少变化，没有变化就没有美感，所以构图最忌讳的就是平均分配画面。（图5-8至图5-10）

　　2. 想让构图更生动，需打破平衡以产生动态美。可以借鉴欧洲传统绘画中的构图，运用在单幅漫画里。（图5-11）打破画面平衡首先要运用对比，对比的巧妙，能增强艺术感染力。对比有各种各样，千变万化，但是把它们同类相并，可以得出：一是形状的对比，如：大和小，高和矮，老和少，胖和瘦，粗和细。二是色彩的对比，如：深与浅，冷与暖，明与暗，黑与白。三是灰与灰的对比，如：深与浅，明与暗。在一幅作品中，可以运用单一的对比，也可同时运用各种对比。再者调整视点也可以打破构图平衡产生动态。运用不寻常的视角，就会产生仰俯效果，从而打破视觉常规，给画面带来冲击力。视点构图，是为了将观众的注意力吸引到画面的中心点上。（图5 12至图5-14）

3.运用场景道具和人物相结合可使得构图更丰满。安置场景道具要得当，画面饱满而不拥堵，错综而不杂乱才是好的构图。（图5-15至图5-18）

4.构图又可分为单人构图与多人构图。单人构图相对简单，多人构图不仅需考虑到人物与景物之间的关系，还要考虑人物与人物之间的呼应。人物要排布得当，配角不能喧宾

图5-8 薰

图5-9 NERO

图5-10 朱琳琳

图5-11

图5-12 祁 瞻

图5-7

图5-13 祁 瞻

图5-14 祁 瞻

图5-15 祁 瞻

图5-16 薰

图5-17 祁 瞻

图5-18 祁 瞻

图5-19 祁 瞻

图5-20 杨 岚

图5-21 薰

图5-22 祁 瞻

图5-23 祁 瞻

图5-24 祁 瞻

夺主。（图 5-19 至图 5-24）

四格漫画

规格与故事节奏的控制

四格漫画是和我们日常生活联系最紧密的漫画。在漫画领域，四格漫画创造出它自己独特的风格。与其他插图相比，四格的主旨是讽刺社会百态或表达意见。

四格漫画的特点是短小精悍，节奏轻快，使读者在短时间内获得信息。它特别讲究故事结构和相应的画面安排。顾名思义，四格漫画只有四幅画面，这既是它的特色同时又局限

于其表达故事的长度和信息的容量。要在这么小的空间里表现出令人满意的故事实际上是颇有些难度的，这就需要漫画家对故事和画面的提炼能力，既要用有限的画面交代清楚一个故事，又要保持故事的节奏得当。在四格漫画的绘制当中，最重要的就是把握用画面讲述故事的节奏。一般来说，从第一格到第四格依次表达故事的起、承、转、合，这样就比较完美了。如果用逆向思维去想，为什么会出现四格漫画呢？为什么大多数人都乐于接受四格漫画呢？可能就是因为

讲述一个生动的故事至少需要起承转合这四个步骤吧。下面来具体讲述什么是起承转合，这一点和写小说也很相似。

起，就是故事的开始，也就是发生了能够吸引读者注意的故事。属于导入部分。（第一格）

承，故事的展开部分，就是让故事海阔天空地发展下去。（第二格）

转，让故事峰回路转，来个大反转。如果画的是推理漫画的话，就可以安排凶手是一个让人意想不到的人物。（第三格）

图 5-25　祁　瞻

图 5-27　祁　瞻

图 5-26　祁　瞻

图 5-28　祁　瞻

图 5-29 杨 岚

图 5-30 杨 岚

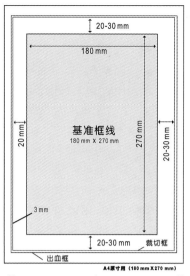

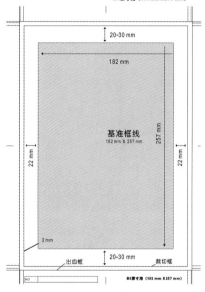

图 5-31

合，让故事有个结尾，也就是归纳总结的部分。（第四格）

其实不论是什么类型的漫画故事，四格也好，多格也好，都要掌握起承转合这个要领。

虽然四格漫画的绘制比较随意，但也要讲究一定的规格，一般来说画面比例是 4:3 为最佳。（图 5-25 至图 5-28）

同种类型多于四格的漫画也属于四格漫画的范畴，表现手法相似，只是在格数上更为灵活，故事结构同样注重起承转合。（图 5-29、图 5-30）

连环漫画

连环漫画是新漫画中数量和受众最为庞大的一类，可以说是新漫画的主流力量。一般来说，连环漫画这种新形式的创始人是日本的漫画大师手冢治虫先生，是他首次在漫画中融入电影蒙太奇手法和运用不规则的分格框，并将对话框放置进画面的。连环漫画的出现是漫画史上划时代的一刻。而今最受欢迎的漫画作品大都是以此形式出现的，此外还有众多的改编自连环漫画的动画片以及游戏。下面我们就从几个方面讲解连环漫画的绘制方式。

漫画规格框

在第一章我们讲过漫画用纸的种类与规格。这里我们简要讲解漫画原稿纸的规格。一般来说有两种规格：

1. 投稿用的 A4 尺寸，纸张的大小是 364 mm × 257 mm，基准框线大小是 270 mm × 180 mm。

2. 同人志用纸 A4 尺寸，纸张大小是 297 mm × 210 mm，基准框线大小是 220 mm × 150 mm。

在此要强调的是，漫画原稿纸有三重框线。最外侧的是裁切线，如果想让画面整个充满纸面就一直画到这里。中间是加工线，也就是做成书的时候的页面范围。最内侧的框线是基准框线。这个基准也就是画漫画时分格的范围。（图 5-31）

分格的技巧

中国人习惯由左至右、由上到下

的阅读顺序,所以漫画绘制时也要按照这个规律。即使有较灵活的分格方式,也要交代清楚先后、穿插清晰,以不会误导读者阅读为首要条件。在一页内最多可以绘制不超过8格的画面,这样才不会使画面拥堵而让读者产生视觉疲劳。格子大小排布要错落有致,在多样之中求统一,统一之中找变化。(图5-32)并且分格实为应景之作,是以交代故事情节为依据绘制的,分格的样式应该跟随故事和画面绘制。分格的样式和格子内的画面相呼应,也就是说分成3个格还是5个格,是方格还是竖长格全都依赖于格中要填充的画面,再由这些画面连缀表现一段故事情节。此外,漫画家经常是将对页放在一起考虑分格,这样就能达到印刷后成书的整体构图的美观。(图5-33)

分格和电影切换镜头一样,运用蒙太奇手法,把一个个画面合乎逻辑地、有节奏地连接起来,给读者一个明确、生动的印象或感觉,从而使他们了解一件事情的发展。分格可以说是新漫画中最富技巧和最令漫画家头痛的一个环节,同时也是最见功力的部分。

故事展现

五个W(who where when what why)和一个H(how)原则。编写故事时,就要想到一定要让看的人知道在这种场面下是谁在何处做什么,然后以起承转合架构故事。

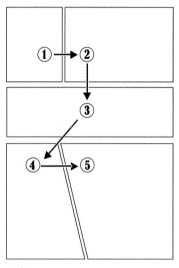

正确

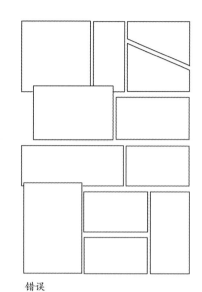

错误

图 5-32

图5-33 祁瞻

我们首先来构思故事。一个发生在校园的故事，女主角很贫穷，和爷爷相依为命，他们住在贫民街区。女主角在湖边偶遇看似和自己一样贫穷的男生，在平日的打打闹闹中竟然产生了感情。故事结尾女孩发现男生是一个小国家的王子，自己也并非贫穷，拥有着友情、爱情，一直都过着幸福的生活。也许有人会认为这个故事太平凡，一点趣味性都没有，其实故事是靠角色和内容来丰富的，相当于做菜的时候加些调味料。登场人物的个性越丰富，故事发展空间就越大，趣味性越浓。接下来我们试着塑造主角和配角。在设定角色形象时要注重对性格的描绘，如活泼泼辣的女主角、神秘忧郁的男主角、幽默搞怪的爷爷和一群调皮的小伙伴等。有了形象设定和故事梗概之后，就可以分章节详细叙述故事，比如女孩如何偶遇心仪的男孩，最后为何发现男孩的身世等等。最终完善故事之后，便是如何用漫画形式展现了，在这里就不再赘述。（图5-34）

记忆对漫画创作的重要性

有很多同学在创作中迫不及待地去寻找可参考的资料，这是不可取的，因为先入为主的印象会使自己的创意处于从属地位，从而制约思维中灵感的爆发。如果把漫画创作者比作是导演的话，那么他应该有自己的从长期的创作中培养出来的"御用演员"，这样，在创作上就会比较顺利。如果总是借鉴或者参考其他形式，被资料牵着鼻子走的话，便会失去原有的风格与对艺术的把控，从而变得不伦不类。

也就是说，我们需要先发自内心地创作构思，将人物、剧情以及所需要的事物尽可能地通过自己的记忆和创造力——在画面上定位，然后将自我感观完全施展出来，不足的地方或者思维空白的地方再参考其他资料。参考资料可以用，但不能完全依赖，它只是你在画出大构思后的补充或者说是"锦上添花"。平时的习作可以参考

乞丐千金——公祖

公祖变身后

暴牙葱

歪戴帽

矮冬瓜

小风骚

不高兴

公祖的伙伴们

男主角

贵公子——南宫昭

南宫长胜

公祖明纪

男主角的爷爷和女主角的爷爷

图5-34 薰

其他资料甚至可以大量临摹优秀的作品，但最终要通过消化吸收，使其成为自己的营养，然后和风格融合，统一于自己作品的艺术气质之中。

对话框

对话框几乎已经成为漫画中表现语言交流和思维过程的固定模式。读者看到对话框，自然就知道是人物的发言或是想法。对话框在插画创作中的合理运用能够达到传达信息和美化视觉的双重效果。

添加对白是有一些原则要遵循的，并不是随意加在画面空白的地方就可以，它也需要经营位置。甚至在你最初构思画面的同时就要考虑到对白放置的位置。对话框也是画面的一部分，运用得当会让整幅画看起来更生动，如果无视原则随意添加，会造成画面混乱，费尽心血完成的画也会前功尽弃。

首先，对白的配置与对话框的位置要与构图一并考虑。对话框不能太小，要说的话安置不下，就需要增加对话框的数目，同一格内太多对话框显得繁杂。对话框也不能过大，这样会充斥整个画面，令人有无法喘息的感觉。绘制对话框要按照编排进去的字数做到大小得当，此外放的位置也很重要，尽量将其放在格子的上方，也就是角色在下对话在上，这样看起来很轻快。另外还需要活用画面的留白。将画面留出一定程度的空白，整理对话框的位置，使读者看起来比较轻松。主角前面一定要有部分留白。（图5-35）

还要注意分割较长的对白，如果对白太长，就要将它切分。过长的对白，说明意味太浓，使得故事的表述沉重，缺乏漫画的节奏感。对其进行适当的分割也可以让画面更平衡。但是对白太过概括也会缺少趣味性，像是一段说明，没有人情味儿，也就没有了漫画特有的感觉。

运用对话框还可以表现感情。对话框的形状不同就能传达不同的感情，比如，曲线形的对话框和直线形

图 5-35

图 5-36　康　宁

图 5-37

图 5-38

图 5-39

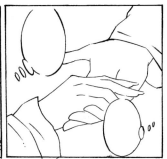

图 5-40

图 5-41

图 5-42

图 5-43

的对话框放置在同一个格子里进行对比，即便不看对白的内容也知道两个人的不同情绪。（图5-36）

曲线可以表现平稳而优美的心情，直线可以表现严厉而强硬的主张。这两种对话框在同一格里产生对比，让画面富有变化并清楚区分出提出主张和回应他人之间的关系。

如果对话框的形状相同，画面整体感觉单调，好像都是说明性的，没有什么情绪的波动也就没有对话的感觉。

对话框有很多特殊的形状，比如：1.用集中线表现。2.气泡形。3.点线。4.渐变形。（图5-37至图5-40）

象声词与拟态词的运用

是文字同样又是图形的美术字可以用来烘托场面，直接表达作者的意图，眼睛看不见的声音、语气还有语言都能通过象声词和拟态词这种视觉形式传达出来。（图5-41至图5-47）

漫画专用语言

新漫画中有许多专用语言，不但言简意赅地向读者传达作者的意图，并且充满趣味性，是新漫画中发展出的独特手法。漫画语言也叫做漫画符号，这种符号被广大漫画读者认知和接收。（图5-48至图5-56）

图 5-44

图 5-45

图 5-46

图 5-47

图 5-48　泪滴

图 5-49　汗珠

图 5-50　青筋

图5-51 心形眼睛

图5-53 代表惊讶的刺团

图5-52 红脸蛋

图5-54 头顶的肿包

图5-55 代表受伤的胶布

图5-56 气团

第二讲

动画的种类

为什么会有艺术动画和商业动画之分？它们的相同点和不同点在哪里？区分它们的意义是什么？

动画片的制作手段有许多种类，其中主要有二维动画片和三维动画片。在二维动画片中，采用传统的线描、平涂颜色的手段是最基本的手段。从动画史的记载来看，这种传统的方法，就是先画在纸上，然后再描绘在透明的赛璐珞片上进行分层上色，最后合成并在摄像机下进行拍摄。当然，随着动画技术的不断发展和丰富，也逐渐出现了如剪纸动画、木偶动画、沙子动画、水墨动画等动画形式，但到目前为止，它们都属于非主流的制作方法。从20世纪80年代起电子计算机进入到动画制作领域，动画技术产生了第二次革命，出现了完全在计算机里的虚拟磁性空间，通过这个空间产生了由数字技术完成的三维动画。在传统的二维动画片领域，以往描绘在赛璐珞片上，然后在摄像机下进行拍摄的方法基本被电脑和扫描仪所取代。

虽然当今愈来愈多的高新技术进入到动画制作过程中，但是，其基本的制作流程并没有发生根本的改变。传统的线描、平涂颜色的手段目前在商业动画电视片、电影片制作中依然还是最为常见的手段。探究原因，很重要的一条就是这种方法十分适合于流水线作业和工业化生产。

无论是商业动画还是艺术动画，它们都有许多的相同点：不管是商业的或艺术的，都是动画片；从制作的工艺上来看，商业动画片与艺术动画片的制作方法和基本原理是基本相同的；从它们播放的媒介和观众群体看，也是基本一致。另外，它们都是需要通过团队合作而产生。

商业动画与艺术动画却有一个本质的不同点，即商业动画是以制造商品，创造商业价值为其最主要的生产动机；而艺术动画则以艺术表现和艺术探索，创造艺术成功为其主要的创作动机。这是它们之间的最大的不同。

在实际的行业中，商业动画与艺术动画是动画家庭的两个大阵营，它们是平衡动画领域的两大支撑点，也是带领动画不断发展的两个最重要的

图 5-57

图 5-58

图 5-59

图 5-60

图 5-61

图 5-62

图 5-63

环节。它们相互交叉，相互分隔，相互弥补，又相互转化。区分商业动画与艺术动画的目的并不是要把它们分出高低贵贱，而是证明各种动画片的存在都有它的价值与意义，只是看我们如何去理解和认识。事实上，对于

动画艺术家而言，也难于划分其为商业动画的工作者还是艺术动画的创作者，因为他们中的很多人也是在这两个领域中游动着的。

商业动画（图 5-57 至图 5-60）
艺术动画（图 5-61 至图 5-63）

动画分镜头设计

动画分镜头设计也叫做故事板，由画面与文字组成。它是未来影片的视觉结构基础。因为一部动画片大都由较庞大的团队合作完成，所以动画分镜头设计可以让动画中后期的工

作者明白整个故事的情形以便协调工作，有章可循，它相当于建筑工程的设计蓝图，画得越详细，就越不易出差错。绘制故事板的最佳人选是该动画的导演，或者是有很强绘画能力的人。画面分镜头设计分别用画面和文字来描述每一个镜头的内容及镜头变化的各种关系，其中文字描述的内容包括角色动作、声音、景别、镜头变化以及场景转换方式等。绘制动画分镜头设计时，需要注意视角的调度，灵活运用像摄影机般推拉摇移产生的镜头画面。分镜头剧本要经历不断完善与更改的过程，意想不到的效果和珍贵的经验常常是在不断深入工作的进程中产生。（图5-64至图5-67）

本课习题：

　　1.什么是商业动画，什么是艺术动画？举例论述商业动画与艺术动画的区别。

　　2.概述连环漫画分格与动画分镜头的异同。

图5-64　庞　晚

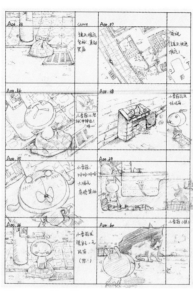

图5-65　杨　岚

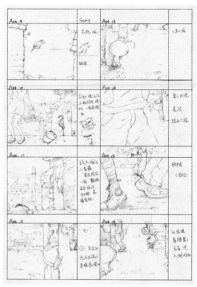

图5-66　杨　岚

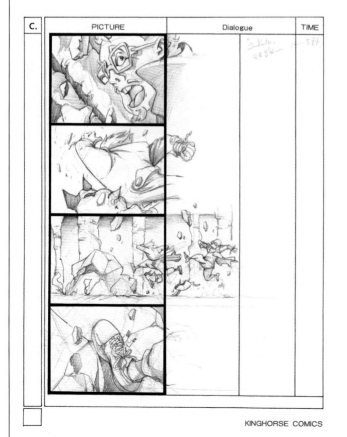

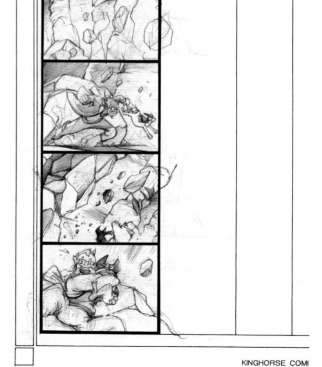

KINGHORSE COMICS

KINGHORSE COMI

图5-67　祁　瞻

第六课　多重风格与其表现技法

课程名称：多重风格与其表现技法。

授课时数：四十到六十学时。

教学定位：面对读者年龄层次不同，漫画故事内容以及相应绘画风格也不同，如低龄漫画简洁圆润，故事讲述友情或亲情；青年漫画则较为写实，故事大都是冒险或爱情。实际上欧美漫画和日韩漫画的区别只在于地域不同、文化各异、欣赏的故事题材不同。严格来讲，是故事题材决定了绘画风格。

教学目标：本课程根据不同风格的动漫作品，用对比的手法通过人物造型、线条和分镜等内容分别讲述其特有的表现技法，使学生在了解各种动漫风格的同时掌握其特点，并灵活运用在自己的创作中。

教学重点：掌握各类动画和漫画的特点。

教学难点：理解并掌握"黑白灰"在动漫手绘中的应用与表现。

教学方法：本课程教学以理论讲授与实践相结合，遵循由浅入深、循序渐进的教学原则，教师根据课程大纲的规定，讲授本课程要掌握的知识点与考试要求，并在授课过程中多作经典动漫作品的分析，以丰富学生的知识面，提高学生的艺术欣赏水平。

第一讲

女性动画和漫画的特点

本章根据漫画的分类分别讲述不同风格的漫画的表现技法。

首先，面对读者年龄层次不同，动画、漫画故事内容以及相应绘画风格也不同，如低龄动、漫画简洁圆润，故事讲述友情或亲情；青年动、漫画则较为写实，故事大都是冒险或爱情。目前业界对动、漫画多为四分法：少年、少女、青年、女性。本书以四分法为基础，以绘画表现方式来区分为二分法：女性向、男性向。实际上好的动、漫画是老少咸宜的，区别只在于它吸引哪个年龄层面的人更多些。动、漫画的拥趸大都来自12—30岁左右的人群。

女性动、漫画特点：

以女性为主角，从女性视点出发，受众为年轻女性。画风多唯美，线条纤细柔美。人物比例通常被拉伸至8—10头身，着重刻画眼睛、头发以及服饰（女性关心的东西）。背景多为虚幻的，如花朵。在女性漫画中，一切事物均被美化，配角往往也是可爱的。多为恋爱故事，因此对人物内心描绘较多。

图6-1 薰

图6-2 薰

图6-3 薰

图6-4 杨岚

图6-5 薰　　　　图6-6 薰　　　　图6-7 薰

图6-8 薰　　　　图6-9 薰　　　　图6-10 薰

图6-11 薰　　　　图6-12 薰　　　　图6-13 薰

图6-14　薫　　　　　　　　　　图6-15　薫　　　　　　　　　　图6-16　薫

图6-17　薫　　　　　　　　　　图6-18　薫　　　　　　　　　　图6-19　薫

图6-20　薫　　　　　　　　　　图6-21　薫　　　　　　　　　　图6-22　薫

摩天轮就像是时间齿轮，
多么感谢与你同面对
时间流逝……

白日梦是最美好的存在。

图 6-23　薰

图 6-24　薰

第二讲

男性动画和漫画的特点

男性动漫特点：

以男性为主角，从男性视点出发，受众多为男性。以"热血、友情、奋斗"为表现中心，故事多为冒险、格斗、体育题材，其间也有爱情描写。轮廓线清晰硬朗，着重动作描绘和画面冲击力，背景较女性漫画写实。男性动漫多描绘男性关心的事物，如战争场面、机械、高科技等。

图6-25 NERO

图6-26 NERO

图 6-27 NERO

图 6-28 祁 瞻

图 6-29 祁 瞻

图 6-30 祁 瞻

图6-31 祁 瞻

图6-32 康 宁

第三讲

写实类动漫的特点

按绘画风格不同,又可以将漫画分为写实风格、半写实风格和涂鸦风格三类。我国漫画大师丰子恺先生将漫画定义为简笔而注重意义的一种绘画。《新华字典》则将漫画定义为简单而夸大事物特征的绘画。可见"漫"字在此就是简单而夸张的意思。显然,对于漫画来说,简约夸张是其特性,那么漫画中的写实、半写实、涂鸦的根本区别就在于简约度和夸张度的大小不同。再者,大部分读者都存在一个概念的误区:欧美漫画就是写实的,日韩漫画就是唯美夸张的。实际上欧美漫画和日韩漫画的区别只在于地域不同、文化各异、欣赏的故事题材不同。严格来讲,是故事题材决定了绘画风格。

写实类漫画特点:

所谓漫画的写实风格就是在夸张和变形的基础上更讲究结构、明暗,但仍旧要摒弃细枝末节。因而漫画的写实与摄影或架上绘画的写实概念不同,是相对的写实。如人物头身比例正常,五官不很概念化,追求真实感的阴影效果,背景较写实。其实写实手法绘制的漫画多和科幻的题材相结合,用写实的画风表现超现实的物象更具说服力。写实手法要求尽量避免变形,准确的素描能力,来不得半点虚假。写实手法重要的是要使作品看上去自然真实。

图6-33 祁瞻

图6-34 祁瞻

图6-35 祁瞻

图 6-36 祁 瞻

图 6-37 祁 瞻

图 6-38 祁 瞻

图 6-39 祁 瞻

图 6-40 祁 瞻

图 6-41 祁 瞻

图 6-42 祁 瞻

图 6-43 祁 瞻

图 6-44 祁 瞻

我看玩得还行，一个声音从头顶上方传来。

图 6-45　祁　瞻

图 6-46　祁　瞻

图 6-47　祁　瞻

第二天中午，小伟真到学校找我……

图 6-48　祁　瞻

第四讲

涂鸦类动漫的特点

涂鸦类动、漫画特点：

是涂鸦艺术和动、漫画相结合的种类。类似儿童画，重趣味，不重技法。用一句话总结就是"破坏精准性，激活生动性"。借用齐白石的一句名言，那就是"妙在似与不似之间"。此类画风多用作短篇漫画的绘制，如心情日记类。涂鸦动、漫画夸张变形塑造人物个性，使特征鲜明，有较高的辨识度，有助于读者印象深刻。以强调笔触和形态的趣味性为主体，自由地表现效果，取决于造型的趣味性，对画面要素进行大幅度省略和简化。表现形式本身具有趣味性。

图6-49 杨 岚

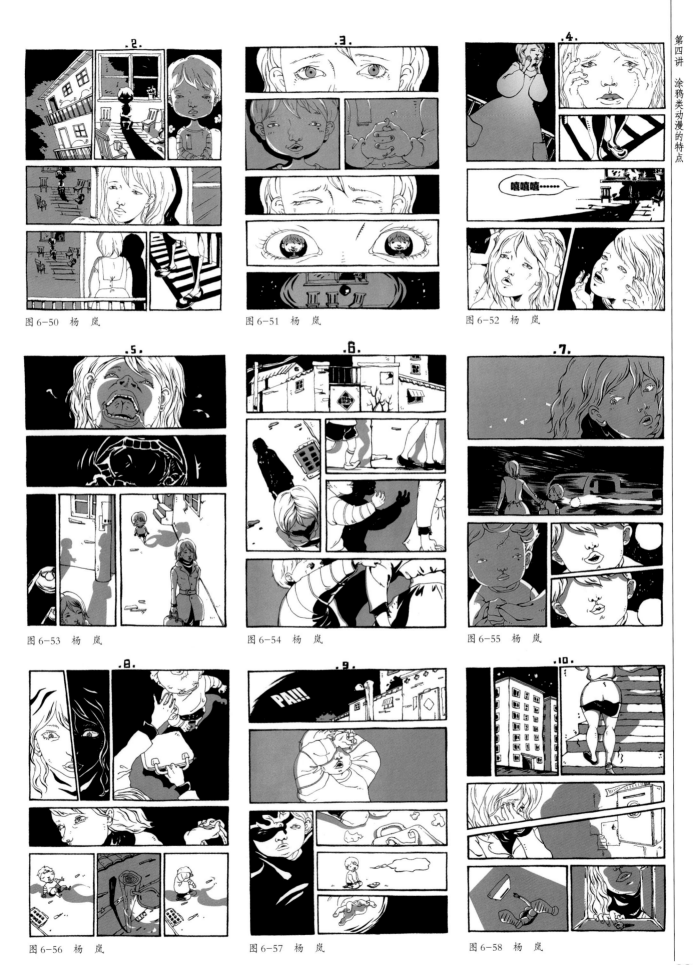

图6-50 杨 岚

图6-51 杨 岚

图6-52 杨 岚

图6-53 杨 岚

图6-54 杨 岚

图6-55 杨 岚

图6-56 杨 岚

图6-57 杨 岚

图6-58 杨 岚

图6-59 杨 岚

图6-60 杨 岚

图6-61 杨 岚

图6-62 康 宁

图6-63 康 宁

第五讲

幽默动漫的特点

如戏剧划分为悲剧、喜剧、正剧一般，按照漫画故事的内容划分出幽默动漫类。幽默是动画的一个特点，但并非所有动画都是轻松搞笑的，幽默类动画多用Q版画风，色彩明亮，以其寓教于乐的形式成为老少咸宜的动画片种。幽默漫画延续了老式幽默漫画的特点，运用四格或多格的形式，是以引人发笑为目的绘制的漫画。风格多为Q版，可爱清新。以其短小精悍、数量众多的优势迅速占领时下的国内市场。

图 6-64 祁瞻　　　　图 6-65 祁瞻

图 6-66 杨 岚

图 6-67 杨 岚

图 6-68 祁 瞻

图 6-69 祁 瞻

黑白灰在
动漫手绘中的应用与表现

素描用黑白灰关系描绘一切色彩。连环漫画大多是以素描形式出现的，动画前期中分镜头脚本一般也是用素描形式绘制的。同时素描训练也是绘制彩稿的基础。黑白灰既是素描的基础调子，又是素描的表现方式。

我们知道调子是指画面不同明度的黑白层次，是块面所反映光的数量，也就是块面的深浅程度。对调子的层次要善于归纳和概括，不同的素描调子体现着不同的个性、风格、爱好和观念。在三大面中，根据受光的强弱不同，还有很多明显的区别，形成了五个调子。除了亮面的亮调子，灰面的灰调和暗面的暗调之外，暗面由于环境的影响又出现了反光。另外在灰面与暗面的交界的地方，它既不受光源的照射，又不受反光的影响，因此挤出了一条最暗的面，叫"明暗交界"。这就是我们常说的"五大调子"。当然实际画起来，不仅仅是这五大调子，还要更丰富。所以任何物体在常规的光线下，基本上是这五大调子来产生丰富的黑白关系。五大调子在动漫中可以简化为"黑白灰"来理解和运用。

在漫画中黑白灰的常用表现手法有：

1. 用黑白灰界定不同的范围；
2. 用黑白灰产生对比；
3. 用黑白灰引导视线；
4. 黑白灰也是构图的一部分。

漫画中黑白关系的概括与提炼

1. 画面中黑色的不合理运用产生独特美感

如图6-70、图6-71，这两幅画中画家将光线只打在能够展现事物特性的地方，如扣动扳机的手指、枪口等，将其余部分隐进黑暗中去。人物仿佛逐渐浮出黑暗的水面。画家运用特殊的光效准确地塑造了人物和道具的形体关系。在现实中，这种光感并不存在，但是，恰恰由于画家看似不合理的大胆提炼，使整个画面具有强烈的冲击性。超现实主义的绘画手法展现画面的神秘感，同时提升了作品的艺术性。

2. 线与面的处理

线面的结合往往用在人物与背景的表达上，线面在黑白对比中代表着虚实关系。

从图6-72中我们看到作者将背景与人物的绘画完全分离，以单线勾勒人物，背景则是黑色平涂。这样的方式产生强烈的对比与纵深感。

3. 阴影下的表现

举例说明：SIN CITY的墙壁。(图6-74)

阴影下的特质，画面中我们看到，马沃身体的投影在墙壁上，除了外形的轮廓外，画家将墙壁的缝隙以装饰化的手法逐格画出，与阴影贯穿为一体，但在阴影的周围没有任何表示墙壁的表现，画家将光源的强度提升，只保留结构与简单的形体关系。

4. 画面的"破"与掌握"扉白"的方法

《圣诞快乐》画面"破"的对比

图6-75：左图画面阅读更容易衔接。右图死板，缺乏空间感，使视觉上与整体画面脱离。

5. 黑白剪影

MORT CINDER 作者：A.breccia

在图6-76中，我们看到画家将树木转为白色剪影，放弃质感只保留外形，配合黑色背景。而人物加以阴影适度绘画出结构，在高度概括中寻找主次关系。

6. 黑白表现中的聚散关系

《铸剑》(图6-77)

从黑色背景中向前递进，逐步推动层与层的关系。如果我们把画面分作三度空间，除去黑色的背景

图 6-70　*SIN CITY—That Yellow Bastard*

图 6-71　祁　瞻

图 6-72

图 6-73　祁　瞻

外，在中度进行详细的结构与细节绘画，画面越向前走就越分散，加上无边框的处理手法，使得画面的立体性逐步增强。

本课习题：

　　1. 举一例写实类的漫画或动画作品，并简要论述你对此类动漫中"写实"的定义。

　　2. 运用黑白关系的对比绘制一幅或一组漫画。

　　3. 谈谈你对幽默漫画或动画的看法。

图 6-74

图 6-75 祁瞻

图 6-76

图 6-77 祁瞻

第七课 手绘创作与电脑软件的结合应用

课程名称：手绘创作与电脑软件的结合应用。

授课时数：四十到六十学时。

教学定位：本课程分别讲述PHOTOSHOP、COMICS、PAINTER、3DMAX四种软件在动漫中的运用，分步骤讲解例图的绘制过程，并辅以优秀作品欣赏，为学生学习打下良好的基础。

教学目标：通过本课程的学习，使学生初步了解三种平面软件PHOTOSHOP、COMICS、PAINTER和一种三维软件3DMAX。在动漫手绘创作中，掌握这些绘图软件的特性并加以区分应用。

教学重点：使学生初步了解PHOTOSHOP、COMICS、PAINTER在动漫手绘创作中的运用。

教学难点：为学生讲解三维软件3DMAX在动画前期建模阶段的运用。

教学方法：本课程教学以理论讲授与实践相结合，遵循由浅入深、循序渐进的教学原则，教师根据课程大纲的规定，讲授本课程要掌握的知识点与考试要求，并在授课过程中多作经典动漫作品的分析，以丰富学生的知识面，提高学生的艺术欣赏水平。

第一讲

电脑硬件与绘图软件的要求

为符合时代需要，对于动漫画新型表现方法及专业性必须了解与掌握专业软件。

忠告：电脑软件毕竟是工具，真正的绘画是展现在创作中的。

PHOTOSHOP：后期着色、特效、文字编排及排版应用。

ADOBE PHOTOSHOP 是公认的最好的通用平面美术设计软件。由ADOBE 公司开发设计。其用户界面易懂，功能完善，性能稳定，所以，在几乎所有的广告、出版、软件公司中，PHOTOSHOP 都是首选的平面工具。

在动漫画的创作与制作中，我们会经常地使用 PHOTOSHOP 这个软件来处理后期的制作，从扫描后的画面清理与分辨率的调整，直到着色与文字编排的工作。

PAINTER：后期上色，特点是适合表现手绘效果，特效突出。

COREL公司的PAINTER是非常出色的仿自然绘画软件，有丰富的纸纹材质和笔刷类型为作品提供特殊的肌理效果，同时还允许用户自定义笔刷和材质。在PAINTER中我们可以轻松创作出效果真实的数码水彩画、素描、粉笔画、油画等，让创意

的自由度更加广阔。相应的硬件要求手绘板。

COMICS：中期描线，过渡色稿使用，特点是快捷，印刷感强，线条流畅度高。

随着漫画创作需求的不断提高和技术的普及，出现了很多专业的漫画创作软件，其中最为著名的就是COMICSTUDIO。

COMICSTUDIO软件是日本CELSYS公司研制和开发的一个专业漫画软件，可模拟许多漫画绘画的专业技法和专业工具。可以根据漫画的特点在软件上直接打草稿，然后再进行各个部位的改动，直至满意为止，删掉草图，保存或打印作品。还有各种增加画面效果的"集中线"，只要点击 CREATE 键便可生成。还可以将自己喜欢的图片扫描进去，制成网点形背景。漫画作品中所必需的"网点纸"在 COMICSTUDIO 软件中已有很多个品种存储在 COMICSTUDIO 工具栏中，任作者选择，当然也可根据需要自己创建。完稿后打印也绝不会影响作品的效果。这诸多专业工具和性能正是漫画工作者所需要的。

COMICSTUDIO 完全实现了漫画制作的数字化和无纸化，它还可以

为教学服务，尤其能增加学生的成就感和创作兴趣！简单易懂的操作手法、快速简洁的制作方式、丰富多彩的绘画技法、超前思维的创作理念，是 COMICSTUDIO 带来的新奇感受。COMICSTUDIO将会成为你创作时必不可少的帮手和实现经济价值的有力工具。相应的硬件要求手绘板。

扫描仪：专业扫描仪，符合动漫画发展的需要。扫描仪成为当今漫画创作中必不可少的辅助工具，因为很多后期制作都需要通过电脑美术软件来处理，所以将原稿扫描进电脑中也是必不可少的一道工序。

手绘板：非凡510、非凡630、影拓系列，是漫画制作的必备工具，需要结合相关软件。初学者适合板型为价格适中的 WACOM510 或者 WACOM630，专业人员可使用影拓系列。

3DMAX：全称是 3－DIMENSION STUDIO，译成中文应该是"三维影像制作室"。是美国 AUTODESK 公司推出的一套多功能三维动画软件，集实体造型、静态着色和动画创作于一体，极大地普及了三维造型技术。它广泛应用于广告、影视、工业设计、建筑设计、多媒体制作、游戏、

辅助教学以及工程可视化等领域。可以说3DMAX是当今最流行的三维动画软件，它能够与AUTOCAD进行图形信息交换，利用扫描仪输入图形，通过VGA与电视转换接口将动画输出至电视或录像带。3DMAX运行于WINDOWS98、WINDOWS NT 、WINDOWS 2000平台，是一个完全、多线程、可充分发挥对称多处理器和任意网络渲染能力的一个强大软件。这个软件自诞生以来，就以一体化、智能化界面著称。用MAX来制作三维动画就像是当一个大导演——一切的角色、道具、灯光、摄像机、场景（包括如云、雾、雪、闪电等特效场面）及配音、镜头的剪辑合成等等都任你来安排处理。

PHOTOSHOP 的运用：
漫画成稿的制作

一般来说，PHOTOSHOP 在漫画绘制中起到修图、后期着色以及文字编排的辅助作用。下面我们就以一幅漫画为例，逐步讲解。

1. 把画稿通过扫描仪导入电脑，选择灰度扫描，分辨率设置为 300dpi，保留原画的清晰度，便于之后的加工或印刷。

2. 接下来是清稿阶段。在 PHOTOSHOP 里打开导入图稿，通过[图像]—[调整]—[亮度对比度]工具把画稿的线条加深，白色部分提亮，去掉纸面上的脏东西，这个过程可使用橡皮擦工具。双击背景层，在弹出的窗口里把层命名为线稿层，这样原图层就变成透明层了。接着把图稿中的线提出来，把周围白色去掉。[选择]—[色彩范围]—用吸色工具在画稿上吸取黑色，接着[选择]—[反选]—按Ctrl+X快捷键删掉白色，画稿就成了真正透明的线稿了。点图层窗口下方"建立新图层"标志，并命名为背景，用油漆桶涂上白色，这样底色和线稿就分开了。（图7-1）

3. 将背景、前景人物、中景人物分别建立不同的图层。有时图层会细分到头发层、皮肤层、五官层等，这是为了今后便于对颜色的修改。注意

图层的属性要选择正片叠底，注意图层的前后次序。首先将画笔选中喷笔模式，调整色彩的透明度，调至45%，让色彩互相衔接得更加自然，在背景一层铺上大体颜色，给画面定下一个大的色彩基调。这时需注意颜色的冷暖关系。由于这幅图中人物繁多，背景相对应该空灵一些，所以用了这种带有渐变感觉的背景。（图7-2）

4. 接下来用到的是贝塞尔工具，一般称为钢笔工具，在所需区域圈选之后点右键建立选区，这样就可以在所选区域填色而不会影响其他区域了。这幅图画面比较繁杂，所以上色需遵从一个次序。由马匹开始上色到人物的皮肤，再到盔甲、红色的翎羽和斗篷、佩剑和其他小配饰。尽量从后面的被遮挡的部分开始上色，要统一布色，这样整体色彩才会协调。总之上色按照由前到后、由大体到细节的顺序，层层深入。（图7-3）

5. 新建阴影图层。为了增添画面的真实感，同样使用钢笔工具圈选要加阴影的部分，填色后用提亮或者减淡工具强化或弱化边缘，达到较真实的明暗效果。在加阴影时注意环境色的影响，会使得暗部偏色。

6. 新建亮部图层。将需提亮的部

分用钢笔工具圈选后填上亮色或者在原图层上圈选并使用提亮工具。亮部也会因物体自身颜色不同和环境色的影响产生适当的偏色，并非全是白色。

7. 为了画面更加协调，可以调节整体的明度、色相、饱和度来达到理想的效果。

8. 最后加上文字，打上 ID，画稿就全部完成了。（图7-4）

图 7-1

图 7-2

图 7-3

图 7-4 祁 瞻 杨 岚 NERO

图7-5 薰

图7-6 薰

图7-7 祁瞻

图7-8 祁瞻

第三讲

COMICS 的运用：
精准的绘制线条与画框

COMICS使漫画脱离纸张的特性。

COMICSTUDIO是个很好用的工具软件。优点是效率高，这对漫画作者来说很重要；效果好，COMICSTUDIO的线条直接在电脑中生成，这要比手绘再扫描清晰得多，尤其是对于网点图案来说。这对于印刷很有好处，便于复制保存，便于修改，即使定稿，只要文件不合层，所有的元素，包括线条、版面、网点、放射线、文字等，都可以修改，这就是纸上绘画办不到的。

COMICSTUDIO 像 PHOTOSHOP 一样有图层。COMICSTUDIO的图层有3种：

草稿层：专门负责打草稿；

图形层：基于像素，可以绘画；

矢量层：图像数据基于矢量形式，可以任意放大缩小而不会出现锯齿、模糊。这个图层的线条都可以单独地被改变形状，或者改变粗细。

下面我们就以一幅漫画为例，逐步讲解。

1. 绘制边框

新建文件，在弹出选项框上端选择页面的尺寸，A4、B5等等，在同一个选项框下端点选"内框线"，新建页面出现后便自动带有中心蜻蜓线和规格框。按照需要画出画面分格。(图 7-9)

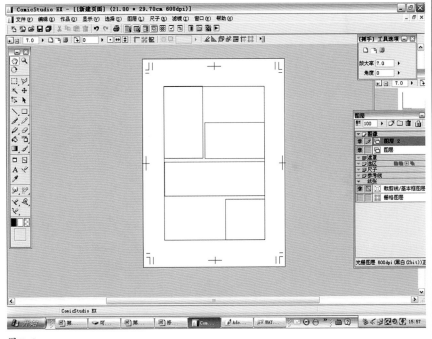

图 7-9

2.打草稿

就像在纸上绘画一样，用手写笔在草稿层打草稿。笔的颜色可以设定为黑色(像铅笔)或者任意一种颜色。建议使用蓝色和红色线条，容易与正稿区分。

草稿层可以有两层甚至更多，你可以在第一层很粗略地打稿，第二层打较细致的草稿，不必在第一层草稿上擦线条。而且每一层的草稿的颜色都可以设定为不同。这很类似用红蓝铅笔打稿。还有一点: 用COMICSTUDIO 铅笔打稿的线条是有压感的，线条的粗细、颜色的深浅都是可以通过手指的力量来控制的，如用铅笔一样。(图7-10)

3.绘画正稿

草稿确定了，接下来就是上黑线，也叫绘制正稿。首先，COMICS的笔有3种: 铅笔、钢笔、马克笔。铅笔: 用来打草稿。有压力感应，是COMICSTUDIO中唯一可以带颜色的笔，但是这种颜色只是用来区别草稿和正稿的虚拟的颜色。钢笔: 用来绘画正稿。有压力感应，手的轻重可以控制线条的粗细。笔头的形状可以设定为圆形、三角形、矩形、任意多边形。任何形状的笔头都可以压扁或者拉长，变换角度。COMICSTUDIO 具有的修正功能可以自动把颤抖的线条修正为光滑的线条。钢笔的选项还有几种: G笔、圆笔等。钢笔还可以选择透明色和白色，用来修改线条。马克笔: 没有压力感应，可以用来画等粗线。

4.放射线

我们都有过用尺子排放射线的经历，COMICSTUDIO里面很便捷的一个功能就是作放射线，放射线在COMICSTUDIO中使用模板来作。比如画很常见的辐射状放射状线: 选择好辐射放射线的模板，把放射的中心确定，确定使用的钢笔或者马克笔的笔头大小，然后就在画面上大致沿着放射线的方向画就是了。同样，可以画出平行的放射线。其他的模板有圆形、椭圆、多边形、弧线，

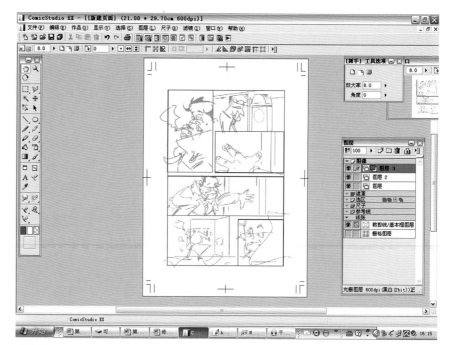

图7-10

图7-11 祁 瞻

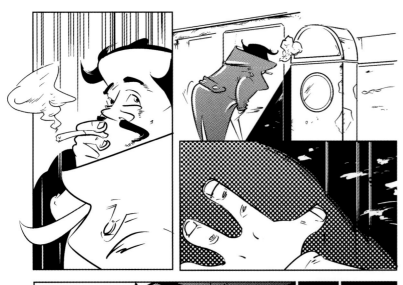

图 7-13　祁　瞻

图 7-12　祁　瞻

图 7-14　祁　瞻

可以自己编辑任意的曲线。模板的移动、旋转、缩放都可以通过左手的几个键位轻松搞定。模板还有其他形状，COMICSTUDIO 自带了很多不同形状的对话框模板，使用方便。（图 7-11）

5. 网点

首先，在画面中选取需要铺网的地方，可以用魔棒、各种套索制作选区，然后在网点的菜单栏选择一种网点，直接拖放到选区上就可以了。如果发现遗漏的部分，可以用钢笔或马克笔直接补画。COMICSTUDIO 中可以用橡皮、钢笔、马克笔来充当刮网刀来擦掉网点。除了 COMICSTUDIO 所带的网点，还可以自己编辑。甚至照片

都可以作为网点出现。如果你有很好的网点纸，可以扫描导入 COMICS 永久使用。如果有数码照相机，可以拍摄很多街景直接转换成网点当作背景使用。（图 7-12）

6. 排版

COMICS 支持中文。可以直接在作品上排字。

PAINTER 的运用：用 CG 展现手绘特质

PAINTER 用于后期上色，特点是用仿自然画笔画出手绘的效果。在 PAINTER 中有很多画笔种类，特性各异。下面我们就以一幅漫画为例，逐步讲解。(图 7-15)

一、扫入草图。(图 7-16)

二、先建立图层，将属性调为 GEL，填充底色覆盖整个画布，然后用 TINTING—BASIC ROUND 画笔涂出大致色彩，注意从大面积的色块入手，找整体感觉，不要拘泥于细节。(图 7-17)

三、用 TINTING—BASIC ROUND 画笔和 ARTISTS'OILS—BLENDER BRUSH 画笔继续填补主要人物、中景及背景的颜色，注意色调的统一，光线的整体感和虚实效果、纯度与灰度的对比，要做到色彩合理，又使视觉上舒适，避免有明显的跳跃感。(图 7-18)

四、开始区分背景、远景、中景、特写之间的微妙变化关系，使远处光线通透轻盈，近处人物厚重结实。所用到的画笔依然是 TINTING—BASIC ROUND 和 ARTISTS'OILS—BLENDER BRUSH，还有一种使用非常频繁的擦笔 BLENDERS—FLAT GRAINY STUMP 和 BLENDERS—ROUND BLENDERS BRUSH。(图 7-19)

五、开始局部刻画，着重于空间的氛围和人物的细节，依然尊重整体的光影效果和画面统一感，在刻画人物时还要注意到性格的流露以及质感的张力，这一步骤所用的是 ARTISTS'OILS—BLENDER BRUSH 画笔、BLENDERS—FLAT GRAINY STUMP 擦笔和 F-X—GLOW 加光画笔。

六、最后，回归整体，再次调整细节与氛围的对比、虚实的相间，及空间的延展，使画面达到精细有节，统一得体。(图 7-20)

漫画上色的风格与类型：使用 PAINTER 可模仿自然画笔绘制不同风格的作品，以下分别是油画效果、水彩效果、CG 概念图的欣赏。

(图例 7-21 至图 7-25)

图 7-15

图 7-16

 tinting – basic round

图 7-17

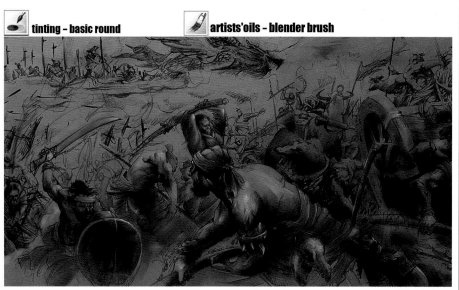 tinting – basic round　　artists'oils – blender brush

图 7-18

图 7-19

图 7-20 祁 瞻 李元飞

图7-21　祁　瞻

图7-22　祁　瞻

图7-23　祁　瞻

图7-24　李元飞

图7-25　李元飞

第五讲

3D MAX 的运用

　　3DMAX是电脑动画常用的三维软件之一。无论什么样的电脑软件都有相对固定的规则，使用者只要能够掌握基本原理与操作方法就可以创造出具有纵深感的立体空间影像。

　　下面我们就以一个动画角色建模为例，逐步讲解。此图为设计者按照机器人瓦利的样子做的建模练习。

　　第一步，建模（MODELING）是动画制作过程中必不可少的第一步。在此之前，搜集素材是很重要的，还需要画出模型在各个关键视角上的画面。有了完备的素材作参考，电脑设计师就可以开始建模的工作了。建模在很大程度上影响着后续的一系列工作。建模的方法有多种，但最终都要达到某种理想效果。（图7-26）

　　第二步，建模基本完成后，便可以表现光效（LIGHTING）了。灯光照明不仅仅是将光源打开，而且是用光效控制着整个场景的气氛。灯光照明可对细节进行美化，同时也要注意整体感，并要注意光效对渲染时间的影响。（图7-27）

　　第三步，在建模与光效调整好之后，就进入了表现质感十分重要的粘贴材质（SHADING）阶段。材质可以

与骨骼绑定平行进行，也可以随后完成。材质可以简单到表面的一个单色，也可以复杂到各种效果层层叠加。（图7-28）

　　四、最后是渲染输出（RENDERING）阶段，这时我们已经完成了大部分工作，剩下就是让电脑做计算了。可以调整机器人的关节，摆出不同的动作加以渲染。（图7-29、图7-30）

本课习题：

　　1. 分别尝试用PHOTOSHOP、COMICS、PAINTER三种绘图软件绘制动漫人物或景物。

　　2. 尝试用3DMAX制作简单的动画场景或小道具。

图7-26　康　宁

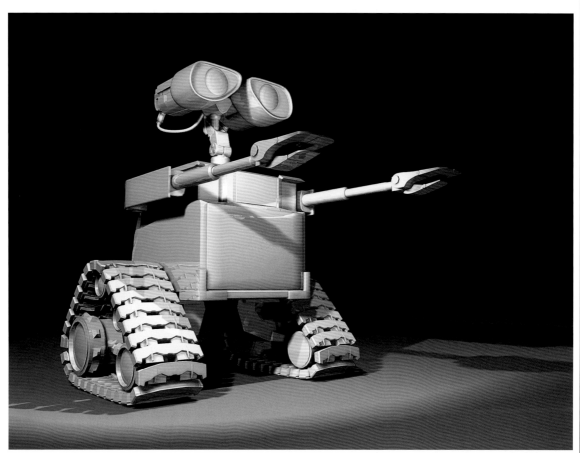

图 7-27 康 宁

图 7-28 康 宁

图 7-29　康　宁

图 7-30　康　宁

第八课　动漫故事的创作

课程名称：动漫故事的创作。

授课时数：四十到六十学时。

教学定位：动漫创作最先需要故事脚本的定位，故事的构思方式多种多样，本课将其归纳为由文字开始的创作与由形式开始的创作两类。故事的内容题材各异，但优秀的动漫作品总含有某些意味引人深思。

教学目标：通过本课程的学习，使学生了解和掌握分别由文字和由形式开始的故事构思方法，并且认识到故事必须含有一定的意味，在写故事或脚本时不仅要构思内容还要构思内容表达的意义。了解新漫画和其他绘画形式的不同，以及画面表现的特殊性。

教学重点：了解并掌握由文字和由形式开始的两种构思方法。

教学难点：结合运用两种方法去构思漫画故事或动画脚本。

教学方法：本课程教学以理论讲授与实践相结合，遵循由浅入深、循序渐进的教学原则，教师根据课程大纲的规定，讲授本课程要掌握的知识点与考试要求，并在授课过程中多作经典动漫作品的分析，以丰富学生的知识面，提高学生的艺术欣赏水平。

第一讲

故事的构思方法

一、由文字开始的创作

由文字开始构思作品，是大多数人理性的选择。在此大体分为两类：在已有的故事，比如神话传说、历史故事、小说等基础上衍生出自己作品的叫做改编；完全经过自己思考创作出的作品叫做原创。对于改编的作品要忠于原著又自有新意，用漫画特有的艺术语言去重新诠释。

依据故事需要创作漫画形象，将语言形象转化为视觉形象，使表达进一步具体、明晰。文字带给人想象的空间，绘画将想象中的形象具体化。但正如莎士比亚说的"一千个观众眼中就有一千个哈姆雷特"，所以依据故事创造人物形象并不是一件容易的事，要做到贴切生动就必须在动笔之前对故事有较深刻的把握。（图8-1）

二、由形式开始的创作

由形式开始的构思并完善作品是一种从感性出发的创作。这种创作过程相对自由，可以让思维天马行空，以一种试验的心态来启发灵感。很多艺术家便是在偶然的试探中创作出优秀作品的。

从漫画创作来说，由形式开始便是指由绘画这种形式开始的一种试探性的创作。就是先有一些形象，在这些漫画形象的基础上逐渐丰富，如由一个形象到一组形象，由几组对应的形象想到一个生动的故事，以此类推，直到完善整个故事的绘制。

不得不说由形式开始的创作虽然自由，但是只适合有一定漫画创作经验的人。就像灵感的到来是知识积累的一种爆发，自由的创作也是确立在扎实的基础之上的。

例如漫画《业余侦探》。漫画作者由三个主角形象的构思开始，延伸到作为配角的小贼和宠物狗的形象，在此时角色形象的逐渐完善引出了对于故事的构思，情感基调也确定为幽默搞笑。接下来尝试了多格漫画的绘制，最终决定四格漫画的绘制形式更适合表现《业余侦探》的故事。在整个故事绘制完成后，又尝试将漫画动画化，并用三维软件制作角色形象。（图8-2至图8-7）

再例如动画《条纹岛》。作者最初的构思是由条纹获得的灵感，她幻想有一座条纹岛，岛上居住着各类长着条纹的动物，之后就绘制了一系列的动物形象，它们各有特性，有的是朋友有的是敌人，由此引申出一个发生在条纹岛上的故事，并决定以二维动画的形式制作。（图8-8至图8-13）

图8-1 杨 岚

图8-2 祁 瞻

图8-3 祁 瞻

图 8-4 祁 瞻

图 8-5 祁 瞻

图 8-6 祁 瞻

图 8-7 祁 瞻

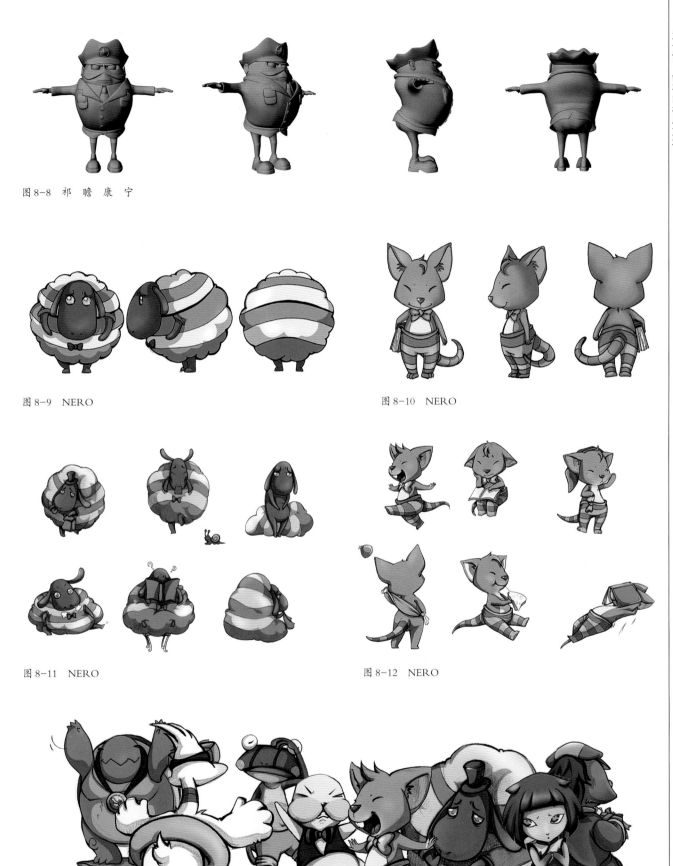

图8-8 祁瞻康宁

图8-9 NERO

图8-10 NERO

图8-11 NERO

图8-12 NERO

图8-13 NERO

第二讲

故事的意味

　　意味是指一种含而不露的意趣。意味包含在故事之中，又不完全是故事本身的事理、观念之类的东西，它是对一部动漫作品在故事以外的意义的高度概括。任何一部优秀的动漫作品，总要表达一定的意义，也会包含一定的意味。大多数情况下，把意味理解为平时常说的主题、中心思想是可以的。但在有些情况下，比如那些主要表现一种状态、感受和感觉的漫画，用主体和中心思想是不能涵盖的，就需要相对宽泛一些的"意味"这个概念加以表述。

　　虽然不是每部动画或漫画都能达到有意味的境界，但是任何漫画都要传达一定的意义，毫无意义的故事是不会有人爱看的。例如，日本漫画《灌篮高手》描述樱木的成长历程和湘北高中篮球队的伙伴的友爱与团结，以励志为意义；日本动画《千与千寻》，导演宫崎骏以其一贯的人文主义风格贯穿始终，表达出对自然的思考与关爱；日本动画《哆啦A梦》中万能的机器猫是全世界儿童向往的好伙伴，有机器猫的世界总是充满童趣与幻想；日本动画《千年女优》通过女演员的口述如梦如幻地展现其一生，带观众穿梭历史寻找感动；美国动画《玩具总动员》以轻松幽默的方式讲述玩具人巴斯光年的成长与转变，展示了玩具人伙伴间真挚的友爱。《哪吒闹海》是国产动画中的经典之作，故事带有浓重的悲剧色彩，以哪吒出世、闹海、自刎、再生、复仇五段情节展示出少年英雄的反抗精神；国产艺术动画《三个和尚》由中国自古一句谚语改编而来，并颠覆了谚语"三个和尚没水吃"，进而表现出博爱团结的力量。（图8-14至图8-20）

图8-14　灌篮高手

图 8-15　千与千寻

图 8-16　哆啦 A 梦

图 8-17　千年女优

图 8-18　玩具总动员

图 8-19　哪吒闹海

图 8-20　三个和尚

第三讲

画面的无声性和有声性

有人说音乐是流动的画面,绘画是无声的音乐。这可以解释为艺术中出现的通感现象。在听音乐的同时仿佛看到了旋律所描述的世界,在看图画的同时仿佛听到了色彩描绘的乐章。新漫画作为一种绘画形式,同样具有诉诸视觉的特性,因而属于无声的艺术。而新漫画又是一门综合了文学与电影学的艺术。我们知道文字给人最广阔的想象空间,而电影是一种时空艺术,它用流动的画面将人带入视听的世界。这些也赋予新漫画不同于其他绘画的特性,新漫画的画面因而又具有有声性。

首先,新漫画具有直观性,能让人在较短的时间内获得大量的信息,使人有一目了然的感觉。比如,同样是描写室内的陈设,用文字表达可能要几百字,遇上重要环境描写可能要上千字,读者恐怕没有这个耐性看下去。但运用漫画语言就不同了,只需要几个画面就行了,最多给重要的地方来个特写镜头。当然,动画的一部分特性属于电影,也具有这个特性。

新漫画艺术之所以吸引人还在于它的精确性,这并非是指人物或事物描绘的精确性,因为漫画不是照片,就连最写实的漫画也有一定程度

的夸张和变形,是存在艺术提炼的。这个精确是指情感的精确,这是要通过描绘人物的表情和动作才能表现出来的,而表情动作所传达的内容又是仅能被视觉接受的。在诸多的艺术手段中,只有文学作品能够比较生动地表达情感,但这种诉诸文字的形式,难免会有词不达意的时候。比如,都是叹气,漫画中可以看出叹气人的表情和整个身体状态,如她是轻叹一口气还是愁眉紧锁地深深叹气;而在文学作品中只能一"唉"了事。再有像雕塑,虽然可以准确地刻画人物的表情,但不可能有像新漫画一样的连贯性。在这点上新漫画就和电影具有相同的特质,因为其运用了电影分镜头的手法组织画面。动画也具有这个特性。

漫画画面是一种无声的语言,我们通常看到的漫画是有旁白或对白的,即在漫画中是以语言来引导故事展开和发展的,但是单把这些文字罗列出来,读者并不能清楚地知道故事的内容,更别说更深一层的意味了。当漫画以这种全新的姿态出现在人们面前的时候,大家第一次看到什么叫做"漫画语言",一系列漫画专有的符号使表达变得如此清楚简单。这种

新的符号的直观性使其成为"一看就懂"的、"无须经过学习"的符号。所以漫画是画面与文字的结合,两种无声的艺术相结合,创造出一个多彩的想象空间。正是此时无声胜有声。

(图8-21至图8-29)

本课习题:

1. 灵活运用由文字开始的或由形式开始的方法构思一个漫画故事或动画脚本。

2. 如何理解漫画是一种无声艺术?

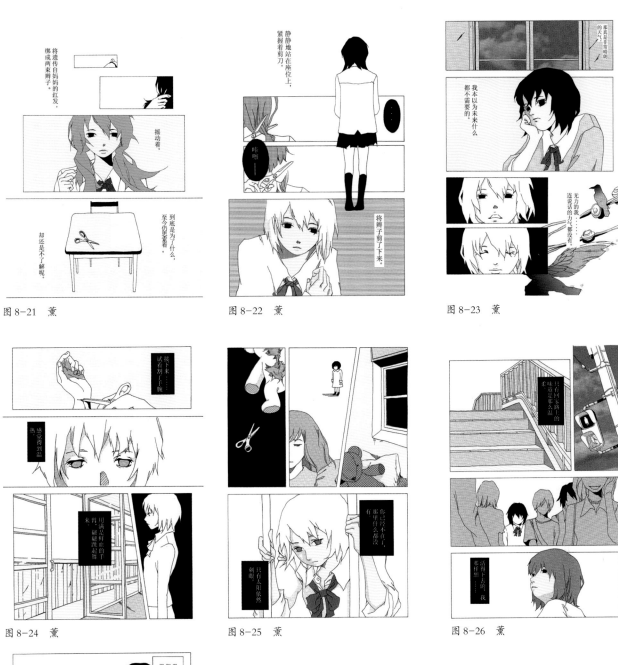

图 8-21 薰

图 8-22 薰

图 8-23 薰

图 8-24 薰

图 8-25 薰

图 8-26 薰

图 8-27 薰

图 8-28 薰

File Name: vmt-kfpsecrets-xvid.avi
File Size: 232MB (243597312 bytes)
Resolution: 640x352
Duration: 00:24:36

图 8-29

第九课　如何以专业眼光去分析学习优秀作品

课程名称： 如何以专业眼光去分析学习优秀作品。

授课时数： 四十到六十学时。

教学定位： 本课程首先提出三点漫画的欣赏误区，同时也适用于动画作品。对反面教材的认识有利于学生对之后的优秀作品的深入理解。提供两部中外优秀动漫作品，图文并茂，使学生对鉴赏过程有更直观的了解和认知。

教学目标： 由漫画欣赏误区的讲解引导学生逐步进入动漫鉴赏的正确轨道。以专业的眼光去看待动漫作品，取其精华，去其糟粕。通过两部动漫作品从剧本到图片的赏析，带领学生领略中外优秀动漫作品的魅力。

教学重点： 改变以往对动漫欣赏的误区，以专业眼光看待动漫作品。

教学难点： 带领学生由浅入深地鉴赏两部优秀动漫作品。

教学方法： 本课程教学以理论讲授与实践相结合，遵循由浅入深、循序渐进的教学原则，教师根据课程大纲的规定，讲授本课程要掌握的知识点与考试要求，并在授课过程中多作经典动漫作品的分析，以丰富学生的知识面，提高学生的艺术欣赏水平。

第一讲

漫画欣赏误区

俗话说"内行看门道，外行看热闹"，也就面对同一个事物，可以用专业或非专业的两种眼光去看待。对于新漫画也是如此，如果只是将看漫画作为一项娱乐活动，大可不必费周折去揣摩其中奥妙，也就谈不上是欣赏。一般的漫画读者只需放松心情去读，并在阅读之后觉得娱目愉心即可，他们看漫画的目的是排遣烦闷，卸下一天的劳顿，最终在阅读过程中获得一种愉悦的满足感。但是作为一个致力于漫画事业的学习者或一名绘画爱好者来说，阅读漫画的过程不仅仅是为了消遣，更重要的是看出门道，学习画中的精髓，无论是故事的编排还是画面的分格、绘画的技巧乃至细枝末节的塑造，一切对我们今后创作有用之处，都要留心观察，甚至一遍遍潜心钻研。所以，一名专业人士要保持和普通读者完全不同的心态去看漫画，或者说去真正地欣赏一部漫画。

在此，欣赏漫画存在三个误区，简要讲述望大家引以为戒。

第一个误区：

诚然，每个人的喜好不同，欣赏眼光也不同，但作为一名漫画专业人士，必须先摒弃个人口味，以专业的角度去欣赏并学习画风各异的优秀漫画作品。首先，不论是写实漫画还是Q版漫画，先从最基础的绘画技法看起，人体结构是否正确，动态是否合规律，构图是否严谨而生动，黑白灰关系是否处理得当；然后再看角色个性塑造是否鲜明，故事讲述是否流畅，有无吸引读者的亮点；最后看整个故事是否蕴涵意蕴，耐人寻味。不同画风不同题材的漫画各有千秋，兼收并蓄才能使自己的阅历更加丰富，所以不要因个人口味而排斥阅读一部分漫画。要记住，我们需要不断地学习和吸收，只关心一种或几种漫画必然会导致"营养不良"。

第二个误区：

有些人只关心这部漫画画得美不美，对于俊男美女的渴求大于对实际故事内容的渴求。这部分读者的口味也导致漫画市场上出现大批"华而不实"的漫画作品。这类漫画虽吸引人眼球，但读几部下来，便会觉得腻烦，贫乏的故事、纷繁的画面、堆砌的华丽装饰和无趣的人物对白，像杯白开水索然无味。

其实漫画的好与坏不在于人物画得美或不美。漫画是绘画与文学结合的综合性艺术，漫画更像一本用画讲述的小说，并且漫画是风格各异的，不同风格适宜描绘不同题材，有将人物提炼美化的漫画，也有将人物变形丑化的漫画，看其旨在讲述什么样的故事，这个故事中需要什么样的人物来表达什么样的情感。这个世界不可能都是俊男美女，相对漫画世界的人物也该形态各异，这样才不会太狭隘。此外，美的含义是很广泛的，丑也是一种美，在漫画作品中的人物丑陋也好，画风看似丑陋也好，都是一种艺术性的美，是真实的美。我们应该接纳的，并非都是看起来就美的漫画，应该是有灵魂、有独特气质的漫画作品。

第三个误区：

漫画是画出来的小说，漫画是结合文学的绘画艺术。我们要关注的不单单是画面，更多还是画面要传达的故事。所以有些新漫画看似画得很粗糙，画工也较差，但是却很受人欢迎。这是因为漫画对比其他绘画形式，故事才是其灵魂，形象的思维只是作为手段而不是目的，所以新漫画创作更接近文学创作的状态。从欣赏者的角度看也是如此，看一篇漫画，首先是看它的内容，它的含义，它所表达的思想，形式是第二位的。每一种艺术形式都有其自身特点，故事理应成为衡量新漫画好与坏的第一标准，漫画家大都需要具备较高的文学修养和文字表达能力，当然也有小说家和漫画家合作出品的先例，这样绘制出的漫画故事才会引人入胜。不过上述观点并不表示漫画的绘画功能不必被重视，而是已经有过多人偏重画面而忽略了故事内容，在此指出优秀的新漫画需要两者兼而有之。

鉴赏故事漫画《圣诞快乐》

剧本赏析编剧/绘画 祁瞻

第一幕

杀手：圣诞节！又是圣诞节。我讨厌它，或者说孤独的人都不会喜欢团聚的节日。我知道，欢乐和平安不会降临于我，永远都不会。

我的任务就是要在死人的凝视下从容地离开，死鱼一样的眼神，令人作呕。

每一次我都会害怕，虽然这是我的工作，也许是我一生的工作，但至少并不会害怕得完不成任务。

圣诞节！妈的。我讨厌在圣诞节去做这种工作，我讨厌在大庭广众之下开枪，所有的眼光都会像钉子一样牢牢地钉在我的身上，几个月都挥之不去。

心理医生会说：先生，我建议你多注意休息和饮食，睡眠对你很重要。天！他们就会说这个，然后开给你一把镇定药物。如果我直截了当地告诉他我的工作，也许他会改变对我的诊断。

当新年的钟声敲响的时候，也就是我任务的开始，新年，新任务。嘿嘿，也许我还会在扣动扳机的时候对猎物说声：圣诞快乐，亲爱的。这是我的新年礼物！感觉糟透了，这不是

我的风格，应该一枪毙命，迅速离开。哦！或者再补一枪，保证我能拿到全部的佣金。

杀手：11：09，我该离开这个鬼地方了，去圣诞广场，在大钟下面。

看着这人流，我很难融入其中，我讨厌这拥挤的气息，这不属于我。

好吧，孩子。慢慢地走出去，一个小时后你就可以舒舒服服地在柔软的床上喝你喜爱的啤酒看你中意的电视节目，假如隔壁的单身女郎没有派对的话，我们还可以共度一个美好的平安夜。

旁白：杀手在拥挤的人流中，慢慢地向广场走去，两个时髦的女郎迎面跑过来，显然她们喝醉了，其中一个扑向杀手，疯狂地亲吻了他，然后将手中的棒棒糖塞给他，大喊道：圣诞礼物！先生。

杀手：哦！天哪！圣诞礼物？你是个好女孩，看来你喝得不少，圣诞夜真是使人疯狂。

棒棒糖，给我干什么，我像吃糖的男孩吗？这不是万圣节，我也不是骷髅杰克，你真是送礼物送错了对象。

旁白：杀手走向路边的垃圾筒，

想将手中的糖果丢入垃圾箱内。突然他发现在身边站着一个小女孩，女孩紧紧地注视着杀手。

杀手：哦？

好了，我找到转赠的对象了，就是你。可爱的小姑娘，你会喜欢它的，是吗？

旁白：杀手将手中的糖果递给旁边的小女孩，女孩接过糖果，轻轻地道谢。杀手离开，继续向广场走去。

女孩默默地对怀中的玩具熊说：你好乖。你对我真好，我会保护你的，不让你受到伤害。

旁白：拥挤喧闹的广场（单幅表现），杀手混迹于其中，寻找目标。

一个圣诞老人在人群中发礼物，很多人围拢着。在圣诞老人的旁边，有很多保镖。他们警惕地注视着周围的一切。

杀手：嗯，就是他，这个人渣。这个披着慈善外衣的豺狼。杀掉这种猎物是一件很惬意的事情，如果我的雇主不是他的同类的话，我会考虑少收一半的费用。

四个保镖，这不算什么。在拥挤的人群里面，保镖只会误事，高兴的话，我还可以顺便送一两个跟随着去地狱里继续他们的工作。

旁白：广场上大钟的指针慢慢接近12点钟，人们的注意力已经完全被新年的来临吸引，接受礼物的人也越来越少。杀手慢慢地靠近自己的目标，手伸向怀中握住手枪。

杀手：慢慢来，我越来越近了。最好能够让我看到你的头，这样还能减少你最后的痛苦。

旁白：新年主持人，手持话筒在高喊：朋友们，新年的时刻就要到来了，让我们大家一同许下心愿。

杀手：哦？许下心愿，那我也来一个。愿上天保佑我下辈子不再干这个行当，能做个医生、律师什么的。

新年主持人：来吧，越来越近了，一、二、三、四、五……我们的圣诞……

杀手：是的！越来越近了，我也瞄准了，枪声会和新年的钟声一起响起，给你们一个美好的时刻。

新年主持人：六、七、八……

旁白：杀手准备扣动他的M9，但是，就在第八声响起的时候，一个女孩的尖叫声突然在杀手旁边响起，太突然了，所有的人的目光迅速地转向杀手这边，杀手在回望的时候，发现正是自己给予糖果的小女孩。

他意识到一切都完了，但是他还是转回去扣动了扳机，子弹穿过了圣诞老人的肩头。

保镖们手中的各式枪支纷纷开火，子弹向飞蝗一样打在了杀手的身上，杀手被打得飞出很远，然后抽搐着倒下。

杀手：为什么？为什么？这是怎么回事。这个女孩是怎么回事，她是从哪里来的，她是……

旁白：就在杀手进行临死前的思索之时，一个保镖走近杀手，对着他的头部开了最后一枪。（画面表现，镜头拉远，黑屏。）

第二幕
旁白：私人精神病诊所，一个女孩抱着玩具熊坐在椅子上。

医生："我不明白，但是我确定跟精神无关。也许是她的神经系统有问题呢？"

女孩的父亲："我们检查过，做过详细的检查，神经系统并没有异常的情况。"

医生："确切地说，你发现这种情况有多久？"

女孩的父亲："两年，只是最近这两年开始出现这种情况，以前只是觉得是年龄小的缘故。"

医生："在她更小的时候有没有受过惊吓？比如说，争吵或者家庭暴力行为。当然假如您不介意我这样说的话。"

女父："不，不，完全不。我和她母亲的感情很好，没有过激烈的争吵，即使有小的摩擦，也不会在她面前发生。"

医生："那她有没有参加过葬礼，或者说亲眼看到一个人的死亡等。"

女父："她是参加过她祖母的丧礼，但我认为这对她构不成多大的影响。因为那时她还很小，并且在她祖母咽气的时候也不在身边。"

医生："那么，我再冒昧地问一下，请不要介意。"

医生："在您的家里你的妻子是否有不良的行为，我是说，家里是否有毒品？"

女父："哦！不！不可能。请你相信我，医生。我的家庭是受过良好教育的家庭，这些事情是不会在我家里存在的。"

医生："邻居呢？或者朋友，也许有人曾经给过她某些产生幻觉的药品。"

女父："不会，这一年多来，她不是跟我在一起，就是自己呆在房间里，不会接触到这些肮脏的事物的。"

医生："好的，根据您女儿的病理，我们会尽快地查清楚，希望只是简单的神经性抑郁症。"

女父："好的，谢谢您。医生，如果您查到解决的办法或者相关原因请您及时通知我。"

医生："好的，一有消息我会马上通知您的。"

女父："谢谢，好的，再见。亲爱的，来，跟医生告别。"

旁白：女孩的父亲带着女孩走出了诊所，他们来到街上，人群在欢呼，圣诞夜的庆典点燃着每一个人的激情。

女孩的父亲在面包店停下脚步："宝贝，我要进去买些面包，然后我们回家看看你妈妈准备了什么圣诞礼物。好吗，宝贝，在这里等我一下，不要走开。"

女孩的父亲走进了面包店，女孩站在墙边，抚弄着手中的BABY熊。她紧紧地靠着墙壁，丝毫没有注意旁边的垃圾箱。

杀手拿着糖果走近了垃圾箱，准备将手中的糖果丢掉，然而，他看到了女孩，改变了主意，将糖果递给了女孩。

杀手："哦？好了，我找到转赠的对象了，就是你。可爱的小姑娘，你会喜欢它的，是吗？"

女孩用低低的声音说："谢谢。"

杀手走掉，女孩看着杀手的背影，摸着玩具熊喃喃自语：你好乖。你对我真好，我会保护你的，不让你受到伤害。

女父："好了，宝贝，我们走了，让我们回家去，把不开心忘掉。"

女父："也许我们还能赶得上新年钟声和你喜欢的烟火。"

女父："哦？糖果，哪里来的？我来猜一猜。一定是圣诞老人的礼物，是吗？呵呵。走吧，亲爱的，看一看你的彩色袜子里是否已经装满了你喜欢的东西。"

旁白：女孩的父亲带着女孩向广场走去。

第三幕
杀手：周围一片黑暗，异常的寂静。这是怎么回事。我在哪里，哦，我的枪。我的枪还在手上，我杀了他吗？我记得子弹打中了他的肩头。

不行，这不是我的风格。也许我还有力气赶回去完成我的任务。

旁白：杀手脚步蹒跚地走着，血顺着胳膊从手枪滴在地上。他摇摇晃晃地走出小巷，走入拥挤的人群，向广场赶去。丝毫没有意识到自己已经死了。

拥挤的人群，喧闹的广场，一切如没有发生过一样。圣诞老人在分发着礼物，保镖们围绕在他的周围。新年主持人在手持话筒进行着演说。

女父："哦，宝贝，你看。我都忘了时间。钟声就要响了，我们不能过去，来吧。跟大家一起来迎接新年，祈求新年的平安。"

回放：广场上大钟的指针慢慢接近12点钟，人们的注意力已经完全被新年的来临吸引，接受礼物的人也越来越少。杀手慢慢地靠近自己的目标，手伸向怀中握住手枪。

女孩凝视着杀手喃喃自语：你好乖。你对我真好，我会保护你的，不让你受到伤害。

回放：新年主持人，手持话筒在高喊：朋友们，新年的时刻就要到来了，让我们大家一同许下心愿。

新年主持人：来吧，越来越近了，一、二、三、四、五……

新年主持人：六、七、八……

旁白：杀手准备扣动他的M9，但是，就在第八声响起的时候，一个女孩的尖叫声突然在杀手旁边响起，太突然了，所有的人的目光迅速地转向杀手这边，杀手在回望的时候，发现正是自己给予糖果的小女孩。

旁白：在女孩的眼中，杀手的背后有一个死去的杀手，浑身是血的杀手，在慢慢地靠近杀手的身体，只有女孩能够看到，这也是她为什么会进精神科检查的缘故。她开始尖叫，发出凄厉的叫声，希望能够引起杀手的注意。但是，恰恰可怕的是，鬼魂回来的时间正是杀手行动的一刻，也许这才是令杀手跌入万劫不复的真正原因。

回放：杀手意识到一切都完了，但是他还是转回去扣动了扳机，子弹穿过了圣诞老人的肩头。

保镖们手中的各式枪支纷纷开火，子弹向飞蝗一样打在了杀手的身上，杀手被打得飞出很远，然后抽搐着倒下。

杀手：为什么？为什么？这是怎么回事。这个女孩是怎么回事，她是从哪里来的，她是……

旁白：拥挤的人群在四散奔逃，警察在迅速地赶往出事地点。

在所有的喧闹声中，只有一个小女孩是安静的，她默默地走到死去的杀手身边，将手中的糖果放到杀手的手中。

女孩："圣诞快乐，杀手先生！"

图9-1

图9-2

图9-3

图 9-4

图 9-5

图 9-6

图 9-7

图 9-8

图 9-9

图 9-10

图 9-11

图 9-12

图 9-13

图 9-14

图 9-15

图 9-16

图 9-17

图 9-18

图 9-19

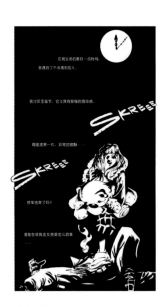

图 9-20

图 9-21

图 9-22

图 9-23

图 9-24

图 9-25

图 9-26

图 9-27

图 9-28

图 9-29

图 9-30

图9-31

图9-32

图9-33

图9-34

图9-35

图9-1至图9-35　祁　瞻

第三讲

鉴赏优秀动画《功夫熊猫》《悬崖上的金鱼公主》《积木之家》

1.《功夫熊猫》

影片简介

英文片名：Kung Fu Panda

国家地区：美国

上映时间：2008年6月6日

制作公司：梦工厂动画Dream Works Animation[美国]

Pacific Data Images(PDI)[美国]

导演：约翰·史蒂芬森John Stevenson/ 马克·奥斯本Mark Osborne

《功夫熊猫》的故事讲述的是怀着学武梦想的熊猫阿波，原本只是一个小面摊的继承人，却在阴差阳错中被认定为上天安排的"龙斗士"，为了保卫和平谷，阿波最终得到《龙之典》并战胜了强敌。这是典型的好莱坞式的小人物成长为大英雄的故事。中国元素加美国精神内核成就了《功夫熊猫》这样一部中西合璧的动画电影。

该片从片头的梦工厂标志到长达6分半钟的阿波的梦境均运用中国传统的剪纸画效果；而片尾动画则融合了剪纸、泼墨、皮影等多种中国传统艺术；音乐中西合璧，片中以管弦乐为主，又将中国音乐巧妙地结合进来，运用了二胡、古筝、笛子、锣鼓这些中国传统乐器，这样让西方观众

和中国观众都乐于接受。

《功夫熊猫》的场景设计充满了中国风味。在影片的开始，就把观众引入了中国传统山水画的画卷中，崇山峻岭、绵延不断的山水，透着一股朦胧气息。在角色设计上，《功夫熊猫》主角是中国特有的国宝级动物熊猫，从这种选择可以看出制作人的良苦用心。故事中几位武侠的动物形象源自虎、蛇、鹤、猴、螳螂，使人联想到中国武术中的形意拳。连武学宗师都是中国文化中最为灵异的千年乌龟。影片中几个表现功夫的片段，如大龙逃狱、五徒截杀、最后决战等，都让人看得畅快淋漓；而片中师徒夺包，双筷互打的片段更是让人看到了中国香港早期功夫喜剧的影子。在道具上，影片也是颇具匠心，鞭炮、殿宇、山水、轿子、面条、筷子、饺子、馒头、包子、卷轴、龙、斗笠等中国的代表性符号运用自如。此外，片中动物们吃的是面条、包子，用的是筷子；悍娇虎与螳螂身着唐装；熊猫阿波穿的那件补丁重重的大裤衩也极具中国乡村风情。

《功夫熊猫》的故事本身也同样充满了中国哲学意味，如禅意十足的"活在当下"，"世上没有巧合"的因果论等等。而贯穿影片始终的那

本武功秘籍《龙之典》展开却是一纸无字天书，告诉我们"太极本无形，由心而生，由心而灭"的道理，这正是本片对中国太极的理解。而阿波与太郎的对决也不仅仅是一场正义与邪恶之争，而是对禅、哲理、自我的深刻认知。

尽管《功夫熊猫》中存在众多的中国元素，充满浓郁的中国风味，但是影片还是在中国元素的外衣包装下体现出了美国的精神内核。首先是题材选择的美国化，在《功夫熊猫》的内核里，其实包含美国动画片最励志最常见的主题：成长，以及成长过程中所要承担的勇气与责任。其次，在细节处理上随处可见美式幽默。尽管《功夫熊猫》很中国，但我们还是从角色的言谈中觉察出背后是美国人的思维与价值观在指导，熊猫阿波其实是长着中国面孔却怀着美国心的一个形象。

《功夫熊猫》剧本 节选

第一幕 熊猫肥波的梦里：

旁白：传奇故事传颂着一名传奇武士。他的武功出神入化，他浪迹江湖，除恶扬善。

恶霸犀牛冲着肥波道：既然你这

么爱吃，试吃看看我的拳头如何！

旁白：武士一言未发，因为他嘴里塞满了食物。

待他一口把食物吞下，开口道："废话少说！接招吧！"

旁白：他的致命招数无人能挡，他的敌人目不暇接，只有瞠目结舌的份儿。

恶霸鳄鱼惊呼：他太彪悍了！

兔女士：他太迷人了！

兔小二：我们何以回报？

肥波：彪悍不求回报，迷人更无所需！

"爆发吧！"

旁白：他征战无数，无人堪与匹敌，从没有哪只熊猫能让人如此恐惧！

旁白：又让人如此爱戴！

旁白：即使是打败天下无敌手的中原五侠客也对他佩服得五体投地。

肥波："我们该金盆洗手了！"

大伙："没错。"

旁白：但金盆洗手谈何容易，面对魔鬼山万千暴徒，前途只有一条，那就是……

镜头一转

猴哥：阿波！起床了！

虎妞：快起床！要误生意了！

肥波迷惑不解：啥？

第二幕　熊猫肥波家里

鸭子老爹：阿波，起床！ 嗨，阿波，你在闹腾啥？

肥波惊醒从床上跌下：没啥……

肥波对着窗台上的中原武侠人偶打招呼：猴哥，螳哥，鹤哥，蛇妞，虎妞！

鸭子老爹：阿波，快点！ 别误了生意。

肥波：来啦……

肥波从楼梯上滚下：对不起，老爸！

鸭子老爹：对不起可变不出面条来。你在楼上搞什么名堂？稀里哗啦的。

肥波：噢，没啥，做了个疯狂的梦。

鸭子老爹：关于啥的?梦到啥了？

肥波面有难色：我梦见……梦见了……面条……

鸭子老爹：面条？你真是梦见面条了？

肥波：那是，不然就我还能梦见啥？

肥波转头对客人说：哦……小心，那支镖……很利的。

鸭子老爹：哦，太令人高兴了……我儿子终于梦到面条了。哦！你不知道我等这一刻都等了多久。这

是个好兆头啊，阿波。

肥波：什么好兆头？

鸭子老爹：我终于可以把我秘之又秘——私酿秘汤的配方传给你了！这样你就能不辱使命，继承这间面馆了。就像我子承父业，父承爷业，这店可是爷爷打麻将从朋友手里赢来的！

肥波：老爸老爸老爸……这只不过是场梦……

鸭子老爹：不，这是命中注定会有的梦。我们是面条世家，血管里流淌着面汤。

肥波：但，老爸，你曾经有没有想过……做点别的，除了面条之外的。

鸭子老爹：实际上，当我还是个愤青的时候，也曾想过离家出走，去学做豆腐。

肥波：那你干吗不做？

鸭子老爹：噢，因为那只是黄粱蠢梦，你能想象我做豆腐的样子吗？哈……豆腐……别提了！人各有命，这里是我的宿命，而你的宿命……

肥波：我知道，也是这里。

鸭子老爹：错！你的宿命是第2、5、7、12桌， 别忘了微笑服务。

肥波仰天长叹：唉……

图 9-36

图 9-37

图 9-38

2.《悬崖上的金鱼公主》
影片简介：
片名：悬崖上的金鱼公主
出品时间：2008 年
国家：日本
片长：101 分钟
出品：吉卜力工作室
导演：宫崎骏（Hayao Miyazaki）

《悬崖上的金鱼公主》这部动画的故事非常简单，将古老的日本儿童故事与安徒生的童话《海的女儿》融合在一起作为基调，并加入宫崎骏自己与儿子间的亲子关系的描述，宫崎骏创作的方式是先有角色后有故事，所以这部动画并非改编自童话故事，而是借鉴了童话故事的形式。

与宫崎骏之前的作品《幽灵公主》或者《哈尔的移动城堡》相比，《悬崖上的金鱼公主》显得更加简单明快，而其中的世界观和主题则更加单纯一些，只是讲述了想变成人类的金鱼公主波妞和5岁男孩宗介的故事。然而单纯的故事和主题并非意味着这是一部浅显之作，相反，淳朴的情谊与快乐的交流，都给人以想回到童年的冲动，而关于"爱"的主题则是通过两个小孩之间表现得更加纯粹可爱。影片的每个画面，都投入了导演个人的视角与感情，而片中表达的"真善美"的情感更值得我们回味与深思。宫崎骏在说到影片的创作动机时说："每个人都有深藏于意识之下的内在海洋，它与波涛汹涌的外在海洋相通。因此，我要做一部不是把海作为背景而是把它作为主要登场角色的动画。动画描绘少年与少女、爱与责任、海与生命等这些本源性的东西，鼓励人们在这个神经衰弱和不安的时代向前迈进。"

这部影片共使用17万幅手绘图画演绎，打破了宫崎骏自己创造的纪录。宫崎骏用《悬崖上的金鱼公主》一片再次强调了自己对手绘动画的执著。他在接受NHK采访时指出："经验告诉我们，通过电子技术手段完成的作品给人们留下的印象不深。我们决定采用完全手绘，这样才能彰显我们的实力。"

通过《悬崖上的金鱼公主》一片可以看出动画大师宫崎骏虽舍弃了复杂的剧情以及深刻的主题，可在人物造型设计和场景设计上还是延续了以往的作风，精致的场景加上可爱生动的人物还是让人过目不忘。宫崎骏只是在不断尝试着变化，这部片子是他返璞归真之作。《悬崖上的金鱼公主》呈现在观众眼前的仿佛是简单勾勒的水墨画，使人看来意犹未尽。

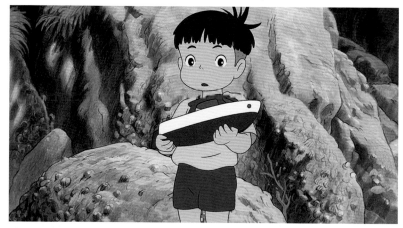

图 9-39

图 9-40

3. 艺术动画《积木之家》

影片简介

名称：积木之家（La Maison en Petits Cubes）

导演：加藤久仁生（Kunio Kato）

编剧：平田研也（Kenya Hirata）

作曲：长泽雅己（Kenji Kondo）

片长：12分钟

动画技术类型：二维/手绘结合电脑动画

出品时间：2008

国家：日本

【影片资料】

《积木之家》是一部总长为12分钟的动画短片，共有3人参与制作，分别是导演加藤久仁生、剧本平田研也和作曲长泽雅己。该片获得2009年第81届奥斯卡最佳动画短片奖和2008年法国Annecy动画节短片奖。

《积木之家》讲述在遗忘之海里找寻过往回忆的故事，全片散发着浓浓的法式情调。故事中独居老人住在海的中央，海水不断上涨，老人的房子也随之越盖越高，而他为了找回心爱的烟斗决定潜回海底的旧屋中。当镜头随着老人越潜越深，旧时回忆也随之浮现。动画中层层叠叠的房屋，与其说是一座积木之家，不如说更像是一座由岁月堆积起来的塔，寄托着老人曾经的幸福与现在的落寞。

《积木之家》一片寓意深邃，色调安静而温暖。将看似平淡无奇的老人的回忆，幻化成遗忘之海中的点滴，最终老人选择面对回忆而找到了平凡中的感动。本片将剧情娓娓道来，没有一波三折，没有华丽的画面，甚至没有花哨的镜头，却将时间、回忆、人生抽象成大海和积木般的房屋，显得创意十足。《积木之家》运用二维手绘效果，画面绘制打破了常规的透视法则，带有一点印象派油画的味道。全片没有旁白只有音乐，像一部默剧，其寓意和感动却直抵人灵魂的深处。

其实如果看过同为加藤久仁生导演的《旅人日记》，由平田研也担当脚本的《积木之家》一片无论如何也算不上是多么奇思妙想。但比起《旅人日记》那梦游仙境般天马行空的想象，《积木之家》则显然在人文关怀和积极意味上更胜一筹。

本课习题：

1. 通过赏析漫画作品《圣诞快乐》，结合画面黑白灰关系简要论述其精彩之处。

2. 通过赏析动画作品《功夫熊猫》，简要论述片中是如何运用中国元素来体现民族精神的。

3. 从商业动画与艺术动画的区别来看，论述《悬崖上的金鱼公主》和《积木之家》这两部日本动画的不同之处。

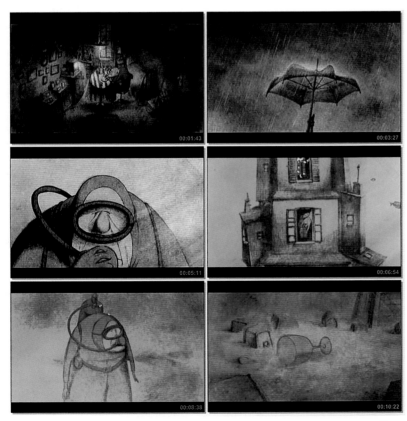

图 9-41

图 9-42

后记：浅谈新漫画的艺术性

早在新石器时代，人类就已用图画表达自己的情绪、愿望以及对生活的记录，所以绘画成为记载人类发展最基本的手段。这个时期绘制的人物具有漫画的原始雏形。早在15世纪的欧洲，一些夸张变形人物形象就出现在绘画作品中，如意大利文艺复兴时期的著名画家达·芬奇和英国产业革命时期的画家威廉·贺加斯在他们的素描稿和油画中频频出现一些夸张变形的人物造型。直到19世纪后半叶，欧洲一些大都市纷纷创刊漫画杂志，他们用讽刺幽默的画笔描绘都市生活以及为市民宣泄心中的情绪，深得人们的喜爱。1841年英国伦敦《笨拙》讽刺杂志创刊，在19世纪的欧洲掀起了批判风潮，而这股风潮迅速席卷了整个世界，同时也包括亚洲地区的中国、日本。由于漫画受西方人道主义思想和人文、科学精神的影响，因此以人为本、关注人性。为了满足人们的精神需求，各种类型的漫画如雨后春笋纷纷破土而出。这个时期出现了幽默漫画、多格漫画、长篇连环漫画等等。而漫画的成功商业运作，当数20世纪的日本和美国，他们开创了现代漫画的新纪元，新漫画已成为这两个国家的支柱产业。而后新

漫画也在20世纪90年代的中国生根发芽，在经历了十多年的盗版漫画侵袭后，为了保护漫画市场不被日本的漫画所占领，中国政府启动了5155工程，创办了多本漫画杂志，培养和发展了许多本地的漫画家。至此，中国大陆的漫画产业走上正轨。

什么是新漫画？将其称之为新漫画也是为了和传统漫画做一个区别，所以新漫画是相对而言的，在英美它叫做comics，在日本它叫做manga，而在中国它并没有一个确切的名称。姑且我们就称这种多格漫画或单元漫画的形式为新漫画，或者现代漫画。虽然在不同国家新漫画有着不同的名称，但是有一点是基本相同的：新漫画是绘画、电影和文学的混血儿，它既有绘画特征又具有电影学和文学理念，是涉及绘画、电影和文学的综合性艺术。这种解释道出了漫画艺术的基本特性，单从这一点来讲，新漫画有别于其他门类的绘画艺术，也有别于传统漫画和连环画。

如果按照中国已经深入人心的观念，新漫画只能算是单纯用来给儿童或童心未泯的成人消遣的娱乐产品，其中并没有什么有内涵的东西，他们简单地将漫画等同于"小儿科"。

实际上这种看法只是很多人的偏见或一知半解。在中国，新漫画的出现只有短短十几年时间，伴随新漫画成长的人现在也仅仅刚过而立之年，所以表面上中国新漫画的读者群年龄偏低，并且中国新漫画的作者们也很年轻。但在日本这个漫画大国，历经了半个世纪磨砺的新漫画活力十足并已成为国家的支柱产业。新漫画是日本市民日常生活中不可缺少的文化休闲，上至老年下至幼儿都是新漫画的读者。并且日本漫画也划分为儿童漫画、少年漫画、青年漫画和成年漫画四个年龄层次，并由不同的杂志社出版发行。日本新漫画的题材繁多，包括科幻、探险、政治、经济、恋爱、体育、历史、科学、宗教、幽默玩笑、文艺小说、奇闻趣事、纪实报告文学等等。在日本和美国，漫画家是高收入并非常受人敬重的职业。

新漫画最初的存在目的与所有艺术一样，就是为了娱乐。手冢治虫先生也曾说他画漫画是为了让孩子快乐。最初的新漫画也只能画一些类似简笔画的故事，没人会想到几十年后新漫画会发展得如此成熟和丰富。现在即使是写实，也能分成像画《浪客行》的井上雄彦那样的纯写实和贰瓶

勉先一样的偏欧美的写实风格。而人物设计也早就不再是要用星星眼、发型、服装这类东西来分别男女角色性别。新漫画的内容更是五花八门，想象更加天马行空。

摒除一些粗制滥造的新漫画和一些具资本主义国家劣根性的漫画，新漫画的价值还是值得肯定的。大多数漫画旨在宣扬青春、励志、奋斗、友情、爱情……新漫画用青少年喜闻乐见的形式，或讲述身边生活，或描绘天马行空的世界，或用缤纷的画面给人想象的空间，又或用富有哲理的故事发人深省。总之具有积极向上的意义和宣传真善美的新漫画都具有现实的审美价值，因此，从这个意义上理解，新漫画具有革命性的意义。新漫画有其独特的表现形式和审美情趣，它用生动的形式寓教于乐，是一种可以迅速普及和易于人们接受的新型艺术样式。

纵观漫画历史的发展轨迹，无论是大到政治题材的讽刺漫画抑或小到生活题材的幽默漫画，它们都具有令人发笑、深思和启智的功能。从而可以总结出，大凡漫画都具有引人开怀、发人深省、启人心智的三大特质。我认为新漫画归属于漫画的大范畴，同时也具有这三个特质，只是每个漫画故事在此之间的侧重点不同。有些新漫画看似画得很粗糙，画工也较差，但是却很受人欢迎。这是因为漫画对比其他绘画形式有着更多的理性的思考，形象的思维只是作为手段而不是目的，所以漫画创作更接近文学创作的状态。从欣赏者的角度看也是如此，看一篇漫画，首先是看它的内容，它的含义，它所表达的思想，形式是第二位的。每一种艺术形式都有其自身特点，漫画的表演舞台在报纸杂志和各种图书里，这一点也正与文学相同。它主要不在于视觉上给予人多少冲击力，更重要的是它的故事能给人在思想上产生共鸣。

漫画作为一种综合性的艺术形式，其审美价值主要表现在思维美学形态和视觉美学形态两个方面，二者之间是不可分割的，它们相互依存，相互联系，构成了漫画艺术美的基本形态。 1.思维美学形态。任何一类艺术是通过人的思维活动来完成的，漫画艺术也不例外。漫画通过夸张变形、诙谐幽默和荒诞不经等手段，表达事物的精神实质，并向人们传递文学和哲学理念。欣赏者通过思维活动对这种不协调产生审美的愉悦和快感，并形成了审美情趣。2.视觉美学形态。众所周知，漫画又是视觉艺术，它通过对漫画作品的描绘，对漫画主题起到了渲染和烘托作用，使漫画主题思想深化。如果从审美价值的角度说，任何形式的漫画的表现手法，都离不开高度概括的和细致描绘的两大类型。

当代的新漫画以其商业性和艺术性相结合，创造了巨大的经济效益和影响力。漫画和动画、游戏有着近亲的关系，较易产生商业链，中外很多动画都是由漫画改编，漫画和动画取得成功后又改编为同名游戏。例如日本通过漫画、动画和网络游戏三者的商业组合，年营业额超过90亿美元。并且漫画、动画、音像制品和特许经营的周边产品，在日本已经形成了一整套产业链，推动着日本经济的发展。日本的漫画文化非常发达，据日本三菱研究所的调查，日本有87%的人喜欢漫画，有84%的人拥有漫画人物模型及其他相关物品。当今中国的新漫画作者群和读者群也相当庞大，具有中国特色的新漫画正在悄然出现，中国新漫画的辉煌的明天会早日到来。

藉《动漫设计教程》一书即将出版之际，首先感谢广西美术出版社的诸位老师提出的宝贵意见。本书收录图稿中约440幅均为北京骏一动漫艺术中心提供的原创作品，在此向骏一艺术中心和图稿作者一并致谢！

本书虽然力求尽善尽美，但由于本人阅历尚浅、水平有限，不足之处还望专家、读者批评指正！

编者
2009.5.21

图书在版编目（CIP）数据

动漫设计教程/黄卢健等著. —南宁: 广西美术出版社，
2009.6
中国高等院校设计教程
ISBN 978-7-80746-107-4

Ⅰ.动… Ⅱ.黄… Ⅲ.动画—技法（美术）—高等学
校—教材 Ⅳ.J218.7

中国版本图书馆CIP数据核字（2008）第102913号

中国高等院校设计教程

动 漫 设 计 教 程

Dongman Sheji Jiaocheng

艺术总监：柒万里　黄文宪　汤晓山
主　　编：陆红阳　喻湘龙
编　　委：周景秋　陶雄军　黄江鸣　黄卢健　张燕根　林燕宁　江　波　邓玉萍　李绍渊　卢菁菁
　　　　　韦绮梦　莫敷建　熊燕飞　尹　红　刘　佳　杨志荣　李德辉　唐胜天　李　娟　林　海
　　　　　吴海立　钟云燕　吴昊宇　梁玥亮　吴红梅　吴　芳　梁新建　李梦红　利　江　陈　雷
　　　　　农琳琳　李林森　邓海莲
本册著者：黄卢健　杨　岚　祁　瞻
总策划：黄宗湖　苏　旅　姚震西
编辑委员会主任：杨　诚
副主任：钟艺兵　覃西娅
委　　员：陈先卓　杨　勇　林增雄　马　琳　陈　凌　吕海鹏　蓝薇薇　潘海清　方　东　韦颖俊　黄　烈
策划编辑：杨　诚　钟艺兵　陈先卓
责任编辑：陈先卓　马　琳
校　　对：尚永红　肖丽新　刘　倩
审　　读：林柳源
装帧设计：八　人
出 版 人：蓝小星
终　　审：黄宗湖
出版发行：广西美术出版社
地　　址：南宁市望园路9号
邮　　编：530022
网　　址：www.gxfinearts.com
制　　版：广西雅昌彩色印刷有限公司
印　　刷：深圳雅昌彩色印刷有限公司
版　　次：2009年7月第1版
印　　次：2009年7月第1次印刷
开　　本：889 mm × 1194 mm　1/16
印　　张：9
书　　号：ISBN 978-7-80746-107-4/J·1097
定　　价：45.00元